NF文庫
ノンフィクション

大浜軍曹の体験

さまざまな戦場生活

伊藤桂一

潮書房光人新社

大浜軍曹の体験——目次

大浜軍曹の体験

さまざまな戦場生活

人形浄瑠璃の魅力

歩《ほ》兵《へい》砲《ほう》隊《たい》の馬《うま》

——大浜軍曹の体験㈠

1

大浜軍曹が、赤紙一枚の召集兵として、山口の歩兵第四十二聯隊へ入営したのは、昭和十四年の十二月八日である。

この当時は、盛大な見送りがあった。郷里の阿知須《あじす》町の駅前は、国民服に奉公袋を提《さ》げた十一名の壮丁《そうてい》を見送る群衆で賑わった。

入営後、大浜二等兵は、初年兵仲間とともに、歩兵砲中隊へ配属になった。歩兵砲隊は、馬を使うので、兵舎に入ると、馬糞の匂いがした。兵舎の裏が、厩舎だからである。

大浜二等兵は、馬が好きだった。

(馬を扱う歩兵砲隊に配属になったとは、幸先がよいな)

と、その点、気をよくしたが、軍隊の馬というのは、一般の農耕馬などとは違って、気が荒かった。馬は兵隊相手の生活をしているから、兵隊の質を見分ける。古兵にはおとなしく従うが、初年兵だとバカにして、いきなり抱きついたりする。抱きつく、というのは、うしろ脚で立って、前脚で、かぶさってくるのである。歩兵砲隊では、馬の性癖を、蹴る、咬《か》む、抱く――と区別したが、この抱くには、初年兵は驚かされた。

大浜二等兵は、入隊後じきに、二つのことで目立つようになった。一つは体力検査で、抜群に成績がよかったことである。もう一つは、中隊の演芸会では、専門の浪花節語《なにわぶし》りがいたにもかかわらず、大浜二等兵に、先に声がかかった。浪花節もだが、人柄を好かれていたためである。一本気の気質である。

しかし、兵営生活は、わずか一ヵ月半で、戦場への出動となった。ふつう、初年兵教育は半年間だが、最前線の部隊に何か異変があっての急遽出動ではないか、という噂が立った。

部隊は、一月二十五日に、夜陰に乗じて兵営を発《た》ち、軍用列車で広島に向かい、翌二十六日には、小雪の散らつく宇品《うじな》港から、輸送船に乗った。

輸送船は、三日目に、台湾に近づいたが、気温は急に上昇する。兵隊は出発時、夏服に着更えさせられていたが、その理由がわかった。暑熱はますます上がり、船は二月二日に東京《トンキン》湾にいたり、兵員は広西省の欽県《きんけん》に上陸している。

部隊は、暑熱の中で、荷揚げ作業を急ぎ、直ちに出発。すでに戦地である。やみくもに行軍がつづき、三日目の午後には、行く手から敵の銃弾の洗礼を浴びた。

八日目に、南寧《なんねい》に着く。ここで、大浜二等兵たちは、正式に本隊に編入されている。今村師団長隷下の第五師団、坂田部隊（歩兵第四十二聯隊）、中村隊（聯隊砲中隊）である。部隊では、大浜二等兵たちのことを「南寧補充」と呼んだ。

南寧補充という呼称には、特別の意味があった。欠員補充だからである。欠員——にもわけがある。昭和十四年十一月二十九日に南寧は陥落している。この南寧作戦の時、師団は悪戦を極め、九塘《きゆうとう》、崑崙関《こんろんかん》では多大の犠牲を払っている。中国軍が、大勝利——と宣伝した作戦である。大浜二等兵の部隊の野砲中隊でも、野砲四門のうち三門が使用不能となり、その三門を土に埋め、残る一門をもって退却するという状態だった。昔、百五十年ほど前になるが、アヘン戦争の時、イギリス軍は崑崙関の戦闘で完敗している。難攻不落の山岳地なのである。大浜二等兵たちは、師団の欠員を埋めるための、出動だったのである。

教育途中だから、どこかで教育をつづけねばならない。崑崙関をはるかに見通せる、南寧東方の二塘という土地で、大浜二等兵たちは四ヵ月教育を受け、やっと一期の検閲を終えている。

一期の基礎教育の終わるころ、肝《きも》だめしが行なわれた。敵の捕虜を目隠しして、初年兵に刺殺させるのである。捕虜は後ろ手に縛られているから抵抗しない。うしろから刺すと、捕虜は弾みで一回転して、前に掘られている穴に落ちる。初年兵は順番に、初年兵係の命令でやらされる。この時、大浜二等兵は、出番が来ても、動かず、教官に向けて、

「戦闘間なら、いくらでもやりますが、無抵抗の者を刺すような行為は、したくありません」

と、はっきり、ことわっている。

これは、命令違反だから、重い罰を受ける。大浜二等兵はそれを覚悟していったのだが、するると、教官は、

「大浜はよい。つぎ」

といって、黙認してくれた。これは、剣道や柔道が、中隊で一番であることを教官は知っていて、それで、大浜二等兵を黙認したのである。むろん、なんの処罰もなかった。

六月に、基礎教育が終わり、大浜二等兵たちは、みな、一等兵に進級した。

2

二塘での、初年兵教育の終わったあと、大浜一等兵たちは、毎日、陣地つくりに奔念した。聯隊砲のための掩体構築を急がねばならなかった。陣地は、大きなトーチカで、四方に砲眼をこしらえ、屋根に木を渡して、土を盛り、草を植えて擬装する。主材料の大木を伐採するには、付近の山林へ行かねばならなかったが、小鳥の多い土地で、伐採仕事はたのしかった。山鳩、郭公《かっこう》、時鳥《ほととぎす》などが鳴きしきり、南方の、名も知れぬ鳥も多い。

陣地を整備したあとは、付近の討伐作戦にも出動することになった。むろん、聯隊砲も曳いてゆく。大浜一等兵は、砲手を命ぜられて、はじめて敵陣地へ向けて、榴弾一発を撃ち込んでいる。

大浜一等兵は、柔剣道等に抜群の成績を示したが、もう一つ、ほかの兵隊には出来ない特

技をもっている。写真撮影の技術である。

ある時、中隊長に呼ばれ、

「大浜一等兵、実は明日、朝香宮殿下が視察にお見えになる。そこで、写真を撮《と》ってもらいたい。それも、公然とでなく内密に、空家の蔭からでも、こっそりとな。記念写真にしたいのだ。どうだ、やってもらえるか？　失敗は許されんぞ。一発必中に撮ってもらいたい」

と、頼まれている。

「お役に立ちたいと思います」

と、大浜一等兵は、即座に、答えた。自信はなかったが、軍隊というところは、何でも引きうけて、目立つに越したことはない、なんとかなるじゃろう、ぶつかってしまえ、と、とっさに度胸をきめて、引きうけたのである。

もともと大浜一等兵は、入隊前、写真屋をやっていた。町の写真屋の手伝いをしながら、少しずつ撮影技術を覚え、町に石井漠《いしいばく》舞踊団の来た時には、記念写真を撮って褒《ほ》められ、そのあとも仕事に励み、とうとう店をゆずってもらって、ひとり立ちしたが、あいにく、軍隊へ行く時期が来たのである。写真――といっても、当時は営業用写真で、大きな暗箱を三脚に支え、ゴム球でシャッターを切るものである。

もっとも、中隊長が、これで――といって渡してくれたのは、ライカである。カメラは最高級だが、大浜一等兵は、ライカなど手にしたことはない。といって、いまさら逃げられず、覚悟をして、当日は、物かげから、乗馬姿の宮様を何枚か撮った。

この写真は、みごとな成果をおさめ、その後、中隊長のほか、人事係の井原准尉からも、なにかと写真を撮らされ、中隊のカメラマンのような仕事ばかりをさせられている。

六月十八日になって、第五師団は、龍州《りゅうしゅう》作戦を発起する。二塘でも、小作戦は幾度かあったが、今度は、大きな作戦である。龍州は南寧の西方の要衝で、北部仏印に近く、援蔣ルートの中継点である。日本軍は、ここを抑え、仏印へ進駐したいとする意図をもっていた。このあたりの重慶軍は第五十四軍である。

この作戦の時、大浜一等兵は、命令受領の伝令として、行動間、聯隊本部と中隊の間を、行ったり来たりすることになった。命令受領のほかに、班長当番をも引きうけている。班長当番というのは、右翼の兵隊のやることで、余分に骨は折れるが、進級のためには役に立つ。

作戦がはじまり、龍州街道を進軍することになったが、敵も、いたるところで日本軍を待ち構えて、発砲してくる。

聯隊砲隊は、隊伍の最後尾についているが、明江《めいこう》の近くで、聯隊砲の位置に、敵の砲弾が落ち、観測班長の河村伍長が戦死している。発射音の方向と、炸裂の様子で、敵の砲撃とは思えなかった。

「誤射だ、誤射だ」

と、叫ぶ声がきこえ、すると、友軍機が一機、頭上を旋回している。隊伍は日の丸の旗を打ち振って、友軍機に合図をしている。これ以上誤射されてはたまらない。

友軍機は、偵察機だったが、野砲陣地への連絡をあやまり、日本軍の砲兵隊を砲撃させてしまったらしかった。戦線が錯綜していると、時に生じる事故だが、連絡兵の任務を解かれて中隊へ復帰中だった大浜一等兵は、あやうく、誤射の被害を受けるところだった。

中隊へ復帰すると、大浜一等兵は、分隊長の山本軍曹から、弾薬搬送用駄馬の馭兵《ぎょへい》を命じられた。駄馬は「岩国」と名づけられている葦毛《あしげ》の支那馬だが、頑固な馬で、大浜一等兵のいうことをきかない。餌を与えても、そっぽを向いている。馬から離れると餌を食べる。それで、酒保品の乾菓《かんか》を与えて、機嫌をとると、少しずつ、なじんできた。それで、ある日、近くの川へ水浴びに連れ出し、馬体を洗ってやっていると、岩国は、いきなり、河原を走り出した。馬が走り出したので、大浜一等兵は、たづなを引いたまま、百メートル余りも駆けさせられ、途中で転倒したので、身体中が傷だらけになった。暑いので肌ぬぎになっていたのだ。

「こら、岩、兵隊を馬鹿にするな。人の気持を裏切るのか」

と、つい昂奮して、たづなで、岩国を何度もたたいた。岩国は、驚いて眼を剝《む》いたが、大浜一等兵はそのあとで、兵舎にもどってから、軍用の羊羹《ようかん》を与えて、機嫌をとってやる。

このできごとのあと、岩国は、馬と兵隊との境もとれたのか、ふいに、素直になり、そうなると大浜一等兵も、岩国がかわゆくなり、爾来、岩国に密着して、ともに鎮南関付近まで進んだ。

鎮南関では、住民が、店をひらいていて、煎《い》り胡麻《ごま》に砂糖をまぶした、餡《あん》入りの饅頭《マントウ》を売っていた。

「岩よ、鎮南関を越えて、仏印へ攻め込むらしいぜ。たのむぞ。がんばろう」

大浜一等兵は、そういいきかせては、岩国に、饅頭をしっかり食べさせてやっている。

3

日本軍の仏印進駐については、強行するか、あるいは、仏印側と和平交渉の上で進駐するか、軍部は、仏印政府と交渉をつづけていた。ただ、相手の返事は曖昧《あいまい》で、交渉は長引き、そのうち、日本軍は、越境進撃をしたがって、小競《こぜ》り合いが生じていた。

仏印軍は、鎮南関を越えたドンダンとランソンに、強固な要塞を構築している。攻めれば大戦闘になると思えた。

九月二十三日に、第五師団は、正式な命令を待ち切れず、第二十一旅団を右翼隊、第九旅団を左翼隊、一部を北方迂回部隊として、国境を突破して、進駐を開始した。

部隊は、ドンダン要塞をたちまち攻略し、ランソン街道を進撃して、ランソンを攻撃、仏印軍は戦意を失って、降伏の白旗を掲げている。この進駐の際、ドンダンの抵抗はきびしく、攻撃部隊は、まるで艦砲射撃を浴びているように、重砲弾を浴びた。ドンダンは、仏印軍が不落を誇る要塞だったからである。

第五師団が、ランソンへ入城したのは、九月三十日の午前十時である。

大浜一等兵は、部隊とともに、安南兵《あんなん》の宿舎に宿営することになったが、フランス領だけあって、本物のワインの樽がごろごろとあった。兵隊の背丈ほどもある樽である。しかし、日本兵は、ワインといえば甘いポートワインしか飲んだことがないので、本物の酸っぱいワインを口にすると、

「このワインは砂糖を入れにゃ飲めんわい」

といって、砂糖を放り込んでは飲む。

勝利の美酒ということだが、大浜一等兵も、酒は飲めないながら、のんびりとし切って、寝ころんでいると、

「喧嘩だ、喧嘩だ、馬が蹴り合っとるぞ」

という声がする。

馬——ときいて、大浜一等兵が、馬繋場に駈けつけてみると、大きな黒い馬と、小さな白い馬が蹴り合い、小さい馬が敗けている。

「あれは岩国だ。岩国、やめろ」

と、大浜一等兵が叫んで、岩国のたづなを引いて、蹴り合いをやめさせようとしたが、どちらの馬も争いをやめない。

ようやく引き分けて、岩国をみると、肩から胸、前脚が血だらけになり、傷も深い。

大浜一等兵は、喧嘩相手の馬のことも気になった。中隊の馬は、みな、岩の字がつき、黒い大きな馬は「岩倉」と名のつく、アングロノルマン種の砲馬で、蹄鉄《ていてつ》六号を打つ巨体の馬

である。聯隊砲の馬では、ボスの馬で、だれもがだいじにしている。岩国はというと、岩倉にくらべると吹けば飛ぶような馬だし、岩倉は軽い傷しかしていないのに、岩国は、獣医が、「よう、これだけの傷ですんだのう。あのままやらしとったら、この馬は死んでしもうたわ。それにしても敗けん気の強い奴や。お前によう似とるんと違うか」

といわれたが、念入りに手当はしてくれている。

大浜一等兵は、岩国をいたわってやりながら、

「アホやなお前、意地を張りおって」

と、そのたてがみを撫《な》でてやり、涙ぐんだ。作戦間、ともに歩いていると、情が通い合っているのである。

つぎの日、大浜一等兵は、中隊長に呼ばれた。

岩倉と岩国の蹴り合いをさせたことで、脂《あぶら》をしぼられるのだろう、と思って、ゆくと、

「お前、テニスが上手だったそうやな。付き合うてくれ。フランスどもの道具がいくらもある」

と、いわれた。むろん、テニスコートもある。大浜一等兵は、入隊時に、趣味は写真、野球、庭球と書いたが、中隊長はそれを覚えていたのだろう。

ランソンは、なにしろ、のんびりした町である。大浜一等兵は、毎日、ラケット片手に、テニス好きの中隊長の相手をつとめさせられた。中隊の兵隊たちには、馬や砲の手入れなどの仕事がある。しかし、下っ端の自分が、中隊長の命令とはいえ、テニス遊びをしていてい

いのか、と、気が咎《とが》めたが、どうしようもなかった。

ランソンは、町並みがよく整備されていて、道の両側には、十メートル間隔で、椰子の木が植えられ、南国情緒もたっぷりである。椰子の木の下には、屋台のコーヒー店が出て、コーヒーのいい香りが、あたりに漂っている。

むろん、高級コーヒー店というわけではないが、菅笠風な帽子をかぶった婆さんが淹《い》れてくれるコーヒーだが、さすがはフランス仕立て、大浜一等兵は、もともとコーヒー好きなので、

「コーヒーはやはりドリップに限る。味を気にせず香りだけなら、パーコレーター式でもいいが」

などとつぶやきながら、コーヒーの味をたのしんだ。実にいい味なのである。戦場へ出て来て、こんなにコーヒーをたのしんでいていいのか、と思うが、コーヒーの味には、すっかり惹《ひ》き込まれた。

コーヒーだけではなく、屋台の婆さんは、マンゴウ、パパイヤ、バナナなど、土地でとれる果実を、テーブルの上に並べている。

しかし、戦火の深まりゆく時節に、軍が、兵隊を、ランソンあたりで、いつまでも遊ばせておいてくれるはずはない。

「いまに、いちだんときびしい、戦場勤務がはじまるに違いない」

と、大浜一等兵は、内心、覚悟はしていた。

そうして、その通り、師団は、ランソンを発って、新たな赴任地へ向かうことになった。

師団が、ランソンを出発したのは、昭和十五年十一月二十二日である。

行く先は、上海だった。

馬を汽車に乗せることも、船に積み込むことも、はじめてだった。

馬同士が蹴り合っては——と、大浜一等兵は心配したが、砲を曳く砲馬と、弾薬などを積む駄馬とは区別されていて、一緒にはさせない。格が違うのだ。日本馬は日本馬同士、支那馬は支那馬同士、汽車に積み込む。

汽車は、ハノイを通過して、ハイホンへ向かい、ハイホン埠頭で、荷を船積みした。馬は、一頭ずつ、腹当てをして、クレーンで吊り上げる。いやがったり、怖れたりする馬もいるが、岩国は、のんびりした顔をして、下で大浜一等兵が心配して見上げているのを、かれもこちらを見下ろしている。

船は、上海の呉淞港《ウースン》へ着き、岩国は、クレーンで吊り下ろされる。

「岩、よかったな、これからまたがんばろう」

と、大浜一等兵は、岩国の頸《くび》を撫でてやる。岩国は嬉しそうな（そんなふうにみえた）顔をしていた。

部隊は、野兎《のうさぎ》の飛び廻っている呉淞の飛行場に集結して、ここで編成替えをした。第五師団は、つぎなる戦局に備えて、装備を充実し、編成も替える。機械化部隊に変わるのである。

余剰の人員は「独立混成第二十旅団」として、新設されている。

大浜一等兵は、この独混二十旅に所属を移したが、この時、上等兵に進級している。

大浜上等兵は、部隊が、上海郊外の上海中学の校舎に移った時、聯隊砲小隊の命令受領職を命ぜられた。これは通常、曹長のやる職務だが、大浜上等兵は、中隊長の評価が高かったのである。

命令受領職のほかに、陣中日誌をつけてゆく任務も重なった。

独混第二十旅団は、昭和十六年二月十四日に、上海の宿舎を発ち、呉淞桟橋から乗船、揚子江を溯航して九江へ向かい、九江で下船、あとは南潯鉄道で南昌へ向かった。

旅団は、南昌の西方の望城崗《ぼうじようこう》にある、元中国軍の軍官学校であった兵舎に入った。

この望城崗で、旅団は、態勢を整備し、来たるべき作戦に備えて、訓練を重ねている。

来たるべき作戦――それは、薛岳《せつがく》を司令官とする、第十九軍約二十万と戦う、錦江作戦だった。南昌は、さきに第六、第一〇一、第一〇六の三個師団が占領し、警備交代後、第二十四師団が守備に当たっていた。

錦江作戦は、三月十五日に発起された。

この作戦は、大浜上等兵にとっても、いままでにない、骨身にこたえるきびしい作戦となった。

錦江作戦《きんこうさくせん》

——大浜軍曹の体験(二)

1

錦江《きんこう》作戦が発起されたのは、昭和十六年三月十五日である。

大浜上等兵の聯隊砲小隊も、本隊の最後尾について、望城崗《ぼうじようこう》兵舎を出発している。

小隊が、隊伍を整えて、錦江にかかる木橋を渡るまではよかったが、渡り切った刹那《せつな》から、敵の、チェッコ機銃をまじえた、一斉射撃を受けはじめた。

敵の攻撃は、あまりの暗さのため、なにかで、初年兵が、マッチを擦った、その小さな火を目標に、射撃してきたものである。隊伍は、盲滅法に撃ってくる、すさまじい銃火を浴びつづけた。死傷者が出たのかどうか、出たらどの程度なのか、ということなど、まるでわからない。ともかく、敵は、満を持して、日本軍の来襲に備えていたことだけは、その銃声のすさまじさからでも、はっきりとわかった。

(これは、きつい戦闘になるのと違うか)

と、大浜上等兵は予想した。最後尾の聯隊砲小隊が、これほど撃たれるようでは、と、前を行く隊伍のことが、思いやられたのである。

その夜のうちに、雨になった。

翌朝、明るくなると、敵味方入りみだれての、すさまじい銃撃戦が展開されている。錦江を渡河し、曲江《きよくこう》という村から、西方の高地を攻撃している独歩第一〇五大隊は、前線へ進み過ぎ、敵と膚接《ふせつ》しながら撃ち合っている。

この戦闘間に、大浜上等兵は、命令受領のため、部隊本部と小隊の位置を往復しているが、日暮れ方に、部隊本部でもらった命令を持って帰隊する途中、小集落をぬけてゆくのだが、その時、行く手に、人の影が浮いた。

大浜上等兵は、剣道には充分自信のある有段者だから、とっさに帯剣をぬいて、それを持ったまま、人影に近づく。帯剣は、手の力だけでは、うまく刺せない。帯剣で、相手の首のつけ根の右側をおさえて、足払いをかけて倒し、その上で、刺殺するのが、いちばんよい。これは剣道における護身術である。

その相手は、鼠色の帽子に、雨に濡れた黒っぽい雨外套を着て、右手をポケットに入れているかにみえる。つまり、拳銃を握りしめている、と、大浜上等兵は読んだ。

身構えながら近づいて行ったその時、機関銃隊の命令受領者の阿部軍曹が、脇から出て来て、

「おう、こいつは你公《ニイコウ》の軍曹やないか。なんでここにおるんや」

といって、みまもる。

大浜上等兵が、

「そいつは拳銃を持ってます」

というと、阿部軍曹は、いきなり人影にとびつき、うしろから羽交《はが》い締めにして、

「おさえたぞ。中国兵がなんでここにおるんか」

と、なお、不審がる。

ともかく、妙なぐあいに、中国兵と、ぱったり出会ったのである。

相手の兵隊（たしかに軍曹だったが）は、阿部軍曹が捕まえると、素直に縛につく。拳銃は持っていなかった。

「この捕虜は、部隊本部へ引き渡そう」

と、阿部軍曹がいい、二人で、捕虜を部隊本部に連れて行き、それから各自所属の場所へ引き返した。

大浜上等兵が、小隊の位置へもどってみると、宿舎にしている民家では、仲間たちが、三名の捕虜を、土間の片隅に、縛ってすわらせている。捕虜をつかまえた時のことを、さかんに話し合っている。

そのいきさつが、また、きわめてめずらしかった。

小隊の指揮班は、一軒の民家を宿舎にして、ここで飯盒炊爨《すいさん》をしていたが、すると、表から、中国兵たちが入ってきた。星が一つついた襟章の、下っ端の兵隊たちである。

中国兵たちは、日本兵をみて驚き、日本兵も中国兵をみて驚き、当然、彼我入りみだれて大格闘を演ずることになったが、この騒ぎで、炊きあがっていた飯盒飯を、土間にひっくり返してしまった。

しかし、中国兵は三名、捕虜にした。

調べると、一、二名は逃げたが、捕まえたのはみな下級の兵隊である。指揮班が、この民家を選んで宿舎とし、飯盒炊爨をはじめた時、この民家は、さきに中国兵が宿舎としていた民家だったのだ。中国兵は輜重兵で、弾薬や糧秣を前線へ運び、任務を終えて、もどってきたのだ。

宿舎では、飯の炊《た》けるいい匂いがしている。中国兵たちは、だれかが、夕食の支度《したく》をしてくれているのだろうと思い、なんの疑いもなく民家へ入ってきて、日本兵と遭遇してしまったのである。

「妙なことがあるもんじゃのう」

と、騒ぎの終えたあとで、日本兵のほうは、だれもが首をかしげている。大浜上等兵も、話をきいて、こういうこともあるのか、と感心している。さきほど、阿部軍曹とで捕虜にした中国兵も、自分の宿舎へもどるつもりで、のんびり歩いていたのだ。

これは、中国兵の、間抜けさ加減もあるが、一つには、日本軍の進出が速く、中国軍と入りまじってしまったからである。しかも、雨が降りつづいているので、景色もだが、人間同士の見分けもつきにくくなっていたのだ。

この大格闘の時に、藤本衛生上等兵が、もっともよく奮闘した。いちばん先に、事情を察して、中国兵に飛びかかったのである。

「ヨーチンは、非戦闘員のはずじゃが、ようやったのう」

と、捕虜を部隊本部へ連行するとき、下士官がそういった。中国兵だが、強制的に徴募されたので、あまり戦意はなかったのかもしれない。

2

聯隊砲は、作戦間は、隊伍の最後尾につくので、布陣の時も最後方にいる。河畔に陣を敷いていた聯隊砲小隊は、しかし、この作戦では、敵が強すぎ、まったく油断ができなかった。

大浜上等兵が、部隊本部へ命令受領にゆくため、河畔の土手を下りて麦畑へ入った時、川の対岸に敵の狙撃兵がいて、一弾が、眼前を掠《かす》めて飛んだ。本能的に伏せた。至近弾は、パシっと鋭く風を切る音がする。弾道と発射音がほとんど同時の近距離より、発射されたからである。敵の狙撃兵は、命中した、と思ったのだろう、つづいての弾丸は来なかった。対岸までは、三百メートルはない。中国軍の狙撃兵は、よく訓練されていて、能力は抜群で、構えていて撃たれると、まず命中する。

大浜上等兵は、陣中任務に精励し、睡眠不足のため、麦畑へ出た時、草につまずいてよろめき、そのため、弾丸は顔の横を掠めた。まともに歩いていたら、その場で死んだのである。兵隊の運命に幸不幸があるとすれば、大浜上等兵は、幸運に恵まれたといえる。大浜上等兵には、この時をはじめとして、あやうく難を避けることが、この後の軍務のなかで、何度もつづくのである。

雨は、麦畑に身を伏せている間に、次第にひどくなった。狙撃兵も満足な狙撃はできない。

（助かった）

と思って、大浜上等兵は、麦畑を駈けはじめている。敵味方、いたるところで膚接しての戦いである。

独混第二十旅の第一〇五大隊は、敵の主陣地である上高《じょうこう》を目指す、左翼隊に加わっていた。大浜上等兵は、部隊本部へ連絡に行くごとに、刻々の戦況を耳にすることができた。その場その場の生きた情報である。

錦江作戦は第三十三師団（桜井兵団）、第三十四師団（大賀兵団）が主力となって発起された。作戦会議では、敵の第十九軍司令部のある上高まで進攻して、ここを占領する、という作戦意図をかためていた。しかし、桜井兵団、大賀兵団ともに、意の如く勝ち進めず、敵は、日本軍と対峙すると、夜間であっても突撃ラッパを吹いて、襲撃してくる。侮《あなど》れない戦力を擁していた。ここでは、戦闘の詳細を記す遑《いとま》はないが、灰埠《かいふ》を過ぎ石頭《せきとう》へ向かう地点で、部隊長森重中佐が、一弾を心臓部に受けて戦死した事例をみても、激戦つづきの様相はわかる。森重大隊長戦死のあと、第一中隊長の定岡大尉が、大隊の指揮をとったが、この定岡大尉も、敵の一斉射撃を浴びて、大腿部に重傷を負い、後退している。

定岡大尉のあと、第四中隊長の古田大尉が指揮をとった。

この作戦では、第三十三、第三十四両師団ともに、いたるところで苦戦をし、大浜上等兵も本部へ連絡のたびに、さまざまな悲痛な情報を耳にしている。なかでも、山砲兵第三十四聯隊第八中隊の全滅の情報は、同じ聯隊砲にかかわる者として、身にしみる悲報だった。第八中隊は、砲手、観測手、駄兵、通信手で九十八名、馬匹六十七頭、四一式山砲二門を装備していた。中隊長は梶木中尉である。

土地廟王という村落で、敵の攻撃を受けた同中隊の山口小隊は、負傷続出のため、砲を同地北側の高地に上げて敵に対した。敵は山口隊に向け、迫撃砲攻撃をつづけ、さらに包囲をちぢめ近接して、重機射撃をつづける。

山口隊は、零分画射撃で三十七発を発射して、眼前の敵を撃砕したが、弾丸を撃ちつくし、午前二時には、分隊長以下砲手三名が砲側で戦死、駄兵をはじめ多数戦死、一人残らず負傷した。山口中尉は腹部重傷にひるまず、拳銃をもって応戦、岩住少尉に後事を託した直後、手榴弾を身に受けて戦死している。

梶木中隊長は、岩住少尉から、駐退機は分解し埋匿したなどの報告を受け、山口隊苦戦の場に急行している。この時、城越少尉も、野戦病院から退院してきたばかりで、同行した。

山口隊苦戦の山上は、彼我の死体が散乱している。

中隊長は、死体を、こわれ残った砲車に積んで引き揚げようと考えたが、その時、さらに優勢な敵が攻撃してきて、戦闘となり、中隊長梶木中尉戦死、城越少尉戦死、中隊長以下二十名戦死、重傷九名、軍馬の戦死四十頭。かくして、聯隊砲中隊は全滅している。城越少尉は、負傷しつつも、友軍救援のために善戦、戦死したものである。

この作戦は、右のような苦戦の事態が、あちこちで生じている。この、梶木中隊の全滅は、大浜上等兵を、いたく痛憤せしめた。同時に、南寧の二塘付近の事情とは、まるで違う中国軍の戦力に、思い知らされたのである。


独歩第一〇五大隊が、灰埠から高安《こうあん》へ転進中の時だったが、尖兵中隊であった松本中尉の第二中隊が、途中から所在不明になった。戦況のきびしさは、また、行路難を強いるからであろう。

所在不明の松本中隊を捜索するために、部隊から捜索隊が出ることになった。大浜上等兵は、田辺曹長に従い、この任務につかせられた。ほかに、工兵隊から上等兵が一名出て、三名で出発する。

三名とも乗馬である。乗馬は目立ちやすくはあるが、行動力はある。大浜上等兵は、弾薬班から「早苗」と呼ぶ尾花栗毛の支那馬を借りた。早苗は、素直な気質だと、弾薬班の兵隊はいった。支那馬は「岩国」以来、なじみである。

「早苗よ、よろしく頼むぞ」

と、よく頼んで、出発する。

三人の捜索隊は、村落を、つぎつぎに廻って、日本軍の隊伍をみなかったかと、調べ歩いた。どこまでが敵地か、どこまでが安全なのか、区分もわからない。敵に狙われたら逃げるしかない。

しかし、行く先々の村落では、なぜか、住民が、支那酒や落花生を出してくれる。思いがけないもてなしである。捜索隊は、礼を述べては、つぎの村落へと行動をつづけ、およそ三十キロほどを歩き廻って、遂に、松本中隊をみつけ出した。松本中隊は、戦闘による負傷者を担送しているので、行動が遅れ、その上、敵の追及をかわすため、山間部をめぐり歩いて、本隊とはぐれたのである。松本中隊は、敵の迫撃砲陣地を奪取するため、闇の中を手さぐりで進み、敵陣地の前には達したが、地形不明、それにクリークを渡れず、夜明けを迎えると不利になり、負傷者を抱えて、彷徨《ほうこう》したので、帰隊が遅れたのである。

捜索隊は、松本中隊を、無事に高安にまで送り届けて、部隊長から賞詞をもらっている。

錦江作戦には、朝日、読売等の新聞の取材記者、及び同盟通信社も、各隊伍についていたが、日本の新聞に発表された記事は〝皇軍、上高を奪取〟といった華々しい見出しの下に、「我精鋭各部隊は敵第十九集団軍を撃滅粉砕し、二十一日早朝、上高を奪取、痛快に残敵掃蕩を行なっている」などと記している。

しかし、事実は、二十三日に撤退命令が出ても、前線では激戦がつづいて、放置されている日本兵の遺体から、中国兵が、兵器や装具を取り上げているのを、むなしくみていたりする、という状況だった。

ほとんど雨ばかりの降りつづいた錦江作戦は、三月末に軍を収めたが、中国軍は、新聞等に、錦江作戦の勝利を、「平型関、台児荘と並ぶ、中国軍の抗日戦争における三大勝利の戦闘」と宣伝している。中国側の宣伝のほうが正しかったのである。

ただ大浜上等兵としては、松本中隊捜索に敢闘したことで表彰され、苦しい戦闘ばかりだったが、気持としては、充実したものを覚えている。

3

錦江作戦終了後、旅団は、望城崗に引き揚げて、作戦間の疲れを癒《い》やしながら、つぎの命令を待ち、あわせて、周辺の敵との対峙をつづけていた。四月十一日は、森重部隊長以下百四十九柱の慰霊祭が行なわれた。

昭和十六年六月に、旅団は、武昌《ぶしょう》へ移動することになった。第三十三師団主力は北京へ移動する。軍が長沙作戦を企図し、信陽《しんよう》地区を警備していた第三師団主力を動かすため、留守警備をするためである。

旅団は、南昌から九江へ、九江で乗船し、揚子江を溯上して、武昌へ行き、武昌中学を宿舎としている。中国では落雀という言葉があり、暑熱のため屋根の雀が焼かれて地に落ちる、という意味だが、その暑熱は、言語に絶する。夜も気温が落ちない。

この武昌で、八月下旬まで、大浜上等兵は忙しく過ごした。観測の教育を受けたこともある。これは、分隊長要員のための教育で、教官は第四中隊の半田伍長、受講生は聯隊砲から二名、歩兵砲から二名出た。訓練とはいっても、観測訓練だから、木蔭の涼しいところで、主として距離の計算をするだけである。

大浜上等兵は、このほかに、大隊本部の柴崎曹長から乞われて、命令受領者となる下士官のための、剣道の指南役をつとめた。夕刻の四時からだが、防具をつけての剣道指導はきつかった。ただ、指導を終えると、サイダー一本が給された。

七月一日に、大浜上等兵は、兵長に進級している。

中隊長に、進級の申告をしに行くと、指揮班にいた同僚の一人が、

「大浜よ。お前の乗っていた早苗が死にかけている。行ってやれよ」

と、いわれた。同僚は、病馬厩勤務だったので、教えてくれたのである。

大浜兵長は、驚いて、病馬厩に飛んで行ったが、早苗は肺壊疽《はいえそ》という病気で、しかも重態、鼻から膿を出し、吐く息も臭い。死病である。

「この病気は人間にも伝染《うつ》る。側へ寄るな」

と、獣医はいったが、死期の近い馬を黙視はできない。松本中隊の捜索中、黙々と、よく歩いてくれた馬である。

「早苗よ。かわいそうになあ。なおしてやりたいがのう」

と、呼びかけて、大浜兵長はその頸を抱いてやると、早苗も、眼に涙をためている。馬も、当然、なにもかもわかっているのである。肺壊疽は、肺の腐ってゆく病気だから、治療法が

ないのである。

旅団は、錦江作戦で、大きな痛手を負い、兵員に欠員を生じていたので、七月に、第四十師団（武昌地区守備）から昭和十三年現役兵百六十名、内地の第五十五師団（四国）から補充兵四百名が到着した。この四百名は武昌補充と呼ばれた。十五年徴集の補充兵である。


独混第二十旅は、八月下旬に、揚子江を船で渡り、対岸の漢口を経て、北方の信陽に着き、ここで一ヵ月ほど、警備生活を送っている。信陽でのこの生活は、ほとんど休養しているに等しく、これというできごともなく、毎日、行商人から西瓜《すいか》を買っては食べていた。ラグビーボールのような、枕西瓜と呼ばれる楕円形の大きな西瓜だったが、味は素敵によかった。

十月になると、旅団は、寧波《ニンポー》へ移ることになった。寧波は浙江省である。漢口まで出て乗船し、揚子江を下る。朝靄《あさもや》に煙る廬山《ろざん》を眺めながら、

（今度は、どんな土地に行くんかのう。暮らしやすい土地だとええがのう）

と、だれもが話し合う。そうして、苦しかった錦江作戦のことが思われるのである。船上で、大浜兵長も、錦江の方向へ向けて、黙禱をした。

寧波では、旅団司令部直属となった第一〇五大隊の第二中隊だけが残り、あとは、さらに三十キロ奥の渓口鎮《けいこうちん》を目指して、行軍をつづけた。渓口鎮は、蔣介石の生地であり生家もある。ここは山紫水明の、すばらしい景勝地だった。

この渓口鎮の城門をくぐると、その傍らに、

――以血洗血

と彫った碑が建てられていた。これは、日中戦争の緒戦の時、日本軍の渓口鎮爆撃によって、蔣介石の母親が爆死し、それを悲しんで、蔣経国が建てた慰霊碑である。慰霊碑だが、必ず仇は討ってやる、という思いがこめられている。それが感じとれて、あまり、気持のよいものではなかった。

寧波の旅団司令部隷下に、余姚《よちょう》には第一〇三大隊、慈谿《じけい》には第一〇四大隊、渓口鎮には第一〇五大隊、奉化《ほうか》には第一〇二大隊が、それぞれにわかれて守備についた。

十月九日に、兵団文字符及び通称番号が配当されている。たとえば、従来は「中支派遣池田部隊池上部隊岩崎隊」といったふうに記したものが、兵団には「槍」という文字符がついたので、独歩第一〇五大隊は「槍七三二五部隊」と呼ばれることになった。

聯隊砲小隊は、蔣介石旧宅に隊の本部が置かれたが、大浜兵長たちは、付近の川で、魚を獲っては、これを副食に供した。手榴弾を投げ込むと、面白いように魚が浮く。工兵隊は、大がかりで、黄色火薬八本を束にして投げ込む。すると、物凄い水柱とともに、一・五メートルもある鱸《すずき》まで浮いてくる。大浜兵長は、瀬戸内海の新鮮な魚を食べて育ってきたので、川魚ながら、ともかく魚の味をたのしむことができた。

こうした日々を送っている時、十二月八日になり、日本軍が真珠湾を攻撃している。

太平洋戦争の勃発である。

浙贛作戦《せっかんさくせん》の前後《ぜんご》

――大浜軍曹の体験㈢

1

渓口鎮《けいこうちん》の宿舎で、真珠湾攻撃のニュースを知った大浜兵長は、（十二月八日は、二年前、自分が山口聯隊の営門をくぐった日だ）と、しみじみ感慨に耽《ふけ》っている。

その後は、南寧《なんねい》へ行き、仏印進駐を経て、上海に集結して、第五師団と別れ、独混二十旅として錦江作戦を戦い、いまは寧波《ニンポー》でのんびり暮らしている。本隊の第五師団は、南方の戦場で、死物狂いの戦闘をしていることだろう、と、なにやら申し訳ない気分になっている。

小規模な戦闘は、渓口鎮にいてもくり返されていた。当然、十二月八日以後は、戦況がきびしさを増してきている。

こうした状況下に、昭和十六年が暮れ、十七年の正月を迎えてから、部隊の編成替えが行なわれた。

独混第二十旅団は、第七十師団に昇格し、兵員や装備も充実した。大浜兵長の聯隊砲小隊も、大隊砲小隊と合併させられて、新たに歩兵砲中隊となり、これまで六十人ほどだった兵員が、約三倍の百五十人、火砲も、聯、大隊砲各二門で計四門。馬匹も八十頭の大所帯になった。

二月末に編成は終わったが、この時、大浜兵長は伍長に任官し、聯隊砲の第二分隊長を命ぜられた。砲一門（四一式山砲）と兵六十人、馬匹三十頭が、大浜伍長の部下となった。

そうして、五月になって、浙贛《せつかん》作戦が発令され、大浜伍長らも、渓口鎮を発《た》った。

浙贛作戦における第七十師団の戦力は、師団長内田中将の麾下、独歩八個大隊の編成である。歩兵第一旅団長野副少将の下に独歩第一〇二大隊（長山根中佐）、独歩第一〇三大隊（長小野少佐）、独歩第一〇四大隊（長野村中佐）、独歩第一〇五大隊（長池上中佐）、歩兵第二旅団長山崎少将の下に独歩第一二一大隊（長大野中佐）、独歩第一二二大隊（長大寺中佐）、独歩第一二三大隊（長山口大佐）、独歩第一二四大隊（長瀬尾中佐）――の八個大隊に、特科部隊が配属された。

大浜伍長らの歩兵砲中隊は、独歩一〇五大隊に属している。

浙（浙江省）贛（江西省）作戦は、浙江省の衢州《くしゆう》、玉山《ぎよくざん》、麗水《れいすい》等の中国軍の飛行基地を覆滅するための作戦である。昭和十七年四月十八日の米軍爆撃機による日本本土奇襲は、米軍機も、中国のこれらの飛行場を利用するからである。

この作戦は、五月中旬から、大兵力をもって東西から進攻し、九月末までに作戦目的を達成することになっていた。この作戦間、六月は梅雨期、六十年来の豪雨がつづき、河川は氾濫、浸水は丈余に達し、行軍将兵は泥水と雨に悩まされた。八月は炎暑の連続と食糧の欠乏、軍靴は破損し、中国服姿で戦う、という苦難の状態が、五ヵ月つづいている。

第七十師団は、軍の最左翼で山岳地帯を突破したが、その難行軍は言語に絶した。これについて、つぎのような記録がある。

作戦の途中において、軍の最左翼の位置から中央方面に回って金華攻略に向かう際に、あの豪気な野副旅団長も、さすがに参って師団長に対し「兵が疲労の極にあるので少し眠らせてくれ」と具申したところ、師団長は「現任務続行」と一言にしてはねつけ即刻、敵前における師団の旋回運動を敢行し、不眠不休の急行軍となり、堅陣金華城に殺到したのであった。「夜を日に代えて万岳を、十日百里の大踏破」という、まさに部隊歌のとおりであった。

この作戦は、第十五、第二十二、第七十、第一一六、第三十二の各師団、及び混成旅団のいくつかを加えた大作戦だった。

独歩第一〇五大隊の歩兵砲中隊にいて、大浜伍長は、山間地を、雨に濡れながら隊伍について行軍した。作戦の規模はよくわかっていたので、大浜伍長としては、任官以来の大作戦であり、意気軒昂として隊伍に加わっていたのだが、無念にも、途中で、病魔に魅入られることになった。

大浜伍長は、胃痛に耐えて行軍をつづけていたのだが、その胃痛が次第に激しさを増してきて、歩行もままならなくなった。夜行軍の折は、馬の尻っぽにつかまって辛《かろ》うじて歩いたが、痛みは募《つの》るばかりである。遂には、歩行不能になり、衛生兵に、

「すまんが、モルヒネを打ってくれ」

と、頼んだ。

モルヒネは、一時的には痛みをとめるが、薬効が尽きると、前にも増して、痛みが来る。

「おい。また頼む」

といっては、モルヒネを打ってもらう。

モルヒネをたよりに、大浜伍長は隊伍に加わってはきたが、弾薬を担った馬が、崖から落ちて、口から泡を吹いて苦しんでいるのをみた時、介抱しようとして崖を下りようとした。

しかし、その時、いままでにない激しい痛みがきた。

大浜伍長は、衛生兵に、

「モルヒネだ、モルヒネだ、早く」

と、叫んだ。

しかし、衛生兵は、

「班長、これ以上のモルヒネはあぶないです。軍医を呼んでます。野病へ行ってください」

といって、モルヒネを打つことを拒《こば》んだ。モルヒネを打つ限界が来ているのである。

そこへ、軍医が駈けつけてきた。

「大浜、気持はわかるが、これ以上がんばるとお前は死ぬ。後退して、入院せよ。この作戦が最後ではない。体力を整えて、つぎの作戦に備えよ」

軍医は、命令調でいう。

抗《あらが》うことはできなかった。大浜伍長も、さすがに病気には勝てず、医務班に収容してもらい、金華の野戦病院を経て、杭州の陸軍病院へ送られている。

金華の野戦病院の軍医は、病状を急性胃炎と診断し、

「それも重症だ。よくがんばれたな。酒、タバコ、間食、塩分、当分はだめだ。自重して癒《なお》さんといかん」

と、きびしくいった。

杭州の陸軍病院は、西湖のほとりにあって、その風色の美しさは、大浜伍長の心身の恢復《かいふく》に大いに役立ってくれた。西湖は、白居易《はくきょい》や蘇軾《そしょく》ほか、中国古来の文人墨客に、この上なく愛された湖である。名所旧蹟にも恵まれている。

大浜伍長は、ひと月余りで、ほぼ復調したが、退院して兵站宿舎へもどると、担当の少尉が、

「移動中の本隊へもどるのは、まだ無理だろう。留守隊へもどって、身体をしっかり直すがよい」

といって、証明書を書いてくれた。

汽車で上海へ、上海からは船で寧波へもどった。

2

留守隊の隊長は、機関銃中隊の柳井中尉で、下士官兵をまぜて五十人ほどがいる。主たる任務は残留荷物（といっても将校行李が大部分だが）の保管と監視、それと、住民街と軍用地の境にある橋のたもとの分哨勤務だった。

ただ、下士官は、田辺曹長と工兵隊の木村伍長と、大浜伍長の三人しかいない。曹長を分哨長にともいかず、大浜伍長と木村伍長が、一週間ずつ交代で、勤務兵六名とともに、警戒任務についた。

この分哨長勤務の時、大浜伍長は、腹を立てたことがある。分哨の哨所のすぐ前に紡績工場跡があり、その中が、保安隊本部になっていて、内部で訓練もされているらしかった。

保安隊は、日本軍に帰順した中国の軍隊である。軍隊としても日本式の組織はできている。ある日、黒い高級車が、その建物の営門から出てくるのをみたが、車内の後部座席に、ベタ金の肩章をつけた軍人が乗っていた。保安隊の将軍らしかった。車は悠々として、歩哨線を通り過ぎ、歩哨は知らぬ顔をしている。大浜伍長は、それを咎《とが》めて、哨兵にいった。

「あの男は何だ。日本軍でさえ歩哨線は無断では通らない。引率者は〝歩調とれ〟と号令して通る。今度、あの車をみたら止めろ。おれに知らせろ」

翌日、その車が営門を出て来た時、歩哨は車を停め、大浜伍長は車に近づき、中の将官に、

「お前ら、日本軍の歩哨線をなんと心得ちょる。停まらんと、一発ぶち嚙まされても知らんぞ」

と、怒鳴《どな》りつけた。

言葉は、どうも通じなかったらしいが、怒鳴られていることはわかったとみえ、将官は、コクコクとうなずいている。わかった、といっているのだ。

「ざまみろ」

と、おおいに溜飲を下げていると、哨所へ、柳井中尉から、呼び出しがきた。行くと、柳井中尉は、少々当惑した口ぶりで、いう。

「大浜伍長。威勢よく怒鳴りつけたそうだな。あれは保安隊の将軍だ。将軍が、うちの旅団長に訴えたらしい。旅団長からここへ電話があって、いままで通り、黙って通してやれとさ。よいな」

残念——とは思ったが、旅団長にいわれては仕方がない。気を遣《つか》っているのだろう。保安隊も一応、日本の軍隊なのである。

このころ、大浜伍長にとってたのしかったのは、憲兵隊と野球の試合をやったことである。柳井中尉は、慶応出身で、野球は選手ではなかったが、応援団長だった。大浜伍長も、趣味の中に、野球を入れているくらいである。

「この試合は、憲兵隊の申し入れだ。勝敗にかかわらず、支那料理をもてなす、といってい

る。憲兵隊は、町の有力者に顔が利くからな」

柳井中尉にいわれ、残留隊から選んでチームをつくった。試合は八対三で大浜伍長らが勝ち、町の一流料亭で、中国料理をよばれた。

「入隊以来、こんなうまいものを食べたのははじめてですよ」

と、大浜伍長は、感嘆して、柳井中尉にそういった。

浙贛作戦も一応終わり、本隊が、余杭《よこう》に移ったことを知らされた。残留隊は、荷物類をトラックに積んで、余杭へ出発している。余杭は杭州の奥にある。九月になっていた。

3

中隊本部で、大浜伍長が、入退院の事情、留守隊での状況を、中隊長に申告すると、准尉上がりの中隊長武田中尉は、

「野村中尉の行李が足りんといっておるぞ。お前ら、満足な監視もしとらんのだろう。たるんどる証拠だ」

と、口をきわめて、叱った。

大浜伍長は、この中隊長と、体質的に合わなかった。中隊長は意地が悪いのである。軍隊は、兵隊の時は、上司とぶつかることはないが、下士官になると、時に、小、中隊長と摩擦を生じることがある。これは、上長者同士の間でも同様である。

錦江作戦の時、師団長と参謀長の意見が合わず、参謀長が切腹する、という椿事が起きている。大賀兵団が高安を占領した時、大賀師団長は上高へ直進、占領する企図を抱いていた。しかし、桜井参謀長は、敵が退いてもそれは誘い込みであり、罠《わな》に陥ちることである、猪突するな、と意見を述べたが、師団長はきかない。師団長は本来騎兵科出身なので、勇壮に攻め急ぐ気質がある。錦江作戦の協同会同でも、自説をつねに強く出張する気味があった。

参謀長は、戦争よりも、前面の部隊に投降をすすめようと意図している。投降勧告は靖安《せいあん》隊を利用すればよい、という考え方があった。靖安隊は参謀長の発案で、作戦前に着手されている。中国兵二名と日本兵一名が一組となり、約百名の混合部隊を作った。この靖安隊は、日中両国の兵隊間に親密な関係を生じ、任務は、通訳、捕虜の教育管理、進路の誘導のほかに、投降勧告を主とした。そのための情報収集につとめた。この案は参謀長の「日支戦うことなかれ」という信念から生じているものである。参謀長は、靖安隊の活動に期待したのだが、意見は通らなかった。

司令部が、正午の大休止をしている時、参謀長が木蔭で切腹しようとするのを、目ざとく部下がみつけて、制止している。参謀長は自説が通らぬので乱心した、と思われたふしもあるが、ともかく南昌の陸軍病院に送られている。参謀長はのちに、同病院にいる部下たちに「司令部では、おれが気が狂ったと内地に放送したらしいが、この通り正気だよ」と、笑いながら語っている。錦江作戦の結果をみれば、参謀長の意見のほうが正しかったように思える。

大浜伍長と中隊長との、反《そ》りの合わぬ事情は、規模は小さいにしても、やはり、人と人との確執である。大浜伍長は軍務を純粋に生きているので、自身の立場は守りたかった。

部隊本部の衛兵勤務を、歩兵砲中隊が出すことになり、大浜伍長が衛兵司令で勤務していた時、週番士官が中隊長だった。中隊長は午前一時に衛兵所をのぞき、

「司令はどうしている」

と、控兵にきいている。

「仮眠中です」

と、控兵が答えると、

「非常事態の兵の配置計画はよくできている。だが、仮眠計画はまずい。いちばんだいじな深夜に司令が寝ているとはな」

と、いう、中隊長のいや味ないい方である。

仮眠中、様子をきいていた大浜伍長は、起きて仮眠所を出、中隊長に、

「服務中異常ありません」

と報告したあと、

「週番士官殿、仮眠計画でありますが、兵が一番眠い時は、深夜ではなく、夜が白みはじめる三時から四時であります。敵襲もこの時間帯が多いことを、今までの経験から割り出しております」

と、いった。怒るか、と思ったが中隊長は、

「ようし、わかった」

といってから、言葉の調子を和《やわ》らげ、

「時に司令、頼みがある。昨日、物資密輸容疑で、ここの留置場に入れられている姑娘《クーニャン》だが、あれは山田准尉のコレだで」

といって、小指を出し、

「出してやってくれんかの」

と、いう。

「隊長命令ならば、直ちに釈放いたします」

「いや、命令でなく頼みなのだが」

などといい合い、結局、色白の仇っぽい姑娘を中隊長は連れ去る。

（まょいか。あんな可愛い姑娘を憲兵隊に渡すのもな。それで戦況が変わるものでもない）

と、大浜伍長は自分にいいきかせる。

大浜伍長が、中隊長に対して、はっきりと敵対的嫌悪感を覚えたのは、三村曹長の処置についてだった。中隊の給与係の三村曹長は、上級者には受けが悪かったが、部下の者にはいたって親切だった。将校用に配られたスリーキャッスルなどの高級タバコも、先に、下士官兵に配ってしまう。何事も下級者優先である。

三村曹長は、永年勤続と、妻帯の事情があって、郷里へもどって祝言をあげて、中隊へもどってきた。新妻とののろけ話に話が咲き、下士官仲間や兵隊からの人気は、いっそうよくなった。ただ、三村曹長に、一つだけ欠点があったのは、酒好きで、酔い過ぎると酒乱気味になることだった。週番士官の時、三村曹長は、つい酒を飲み過ぎ、足元をよろめかせて、中隊の厩《うまや》を見回った時、厩番の石田二等兵に、

「馬は何頭いるか」

ときいたが、曹長は酔って呂律《ろれつ》が廻らないので、厩番には聞きとれない。その上、石田二等兵は吃《ども》りのため、返答をしたくても、返事のしようがない。業を煮やした曹長は、腰の軍刀を抜いて、二度、三度と、石田に斬りつけた。石田は負傷して、衛生兵の介護を受け、事態は、人事係の内田准尉に報告され、中隊長にも通じて、中隊長は三村曹長を衛兵所の営倉にとじこめた。

中隊から出ていた衛兵司令は、翌々日、三村曹長が、

「裏のクリークで水浴させてくれんか」

と頼むので、営倉から出して水浴させた。

ところが、三村曹長は、そのまま帰って来なかった。中隊では、非常呼集をかけて、三村曹長を捜索し、飯野軍曹が、民家にひそんでいる曹長をみつけて、連れ戻した。

三村曹長の罪は、しかし、中隊長の裁断一つでは、隊内の処罰で済む。ところが、中隊長は、三村曹長を「奔敵行為」とし、中隊全員を集合させて、罪状を読み上げ、曹長を軍法会議へ送り込んだ。その結果、曹長は「敵前逃亡」と判決され、死刑に処されている。

（三村曹長は、どんな心情で処刑されたろう）

と、大浜伍長は三村曹長に同情し、同時に、中隊長の非情な仕打ちに憤りを覚えた。

昭和十七年十二月初旬になっていた。

部隊内では、剣道大会が催された。各中隊から一名ずつ代表が出た。総当たり戦。大浜伍長は、文句なく七戦全勝して、日本酒三本と竹刀一本を賞品としてもらった。班一同と祝盃をあげていると、中隊長から呼び出しが来た。中隊長は、

「近く、初年兵の補充がある。教育隊の助教をやってくれぬか」

と、いう。初年兵教育は将校が教官、下士官が助教、初年兵係が助手になる。しかし、主として働くのは助教である。

「自分は、現地教育兵で、南寧作戦の欠員補充です。一期の検閲も終えずに出動しましたので、内務、教練すべて不充分です。実戦にはなにかと参加して来ましたが、適任とは思えません」

と、辞退をした。中隊長は、

「百戦錬磨の大浜伍長だから、戦場の心得を教えてもらいたいのだ。それが大事なのだ」

と、いう。結局、引きうけさせられた。

この初年兵教育をやる者には、特典がある。

内地へ、初年兵受領に行けるのだ。留守隊に着いて、休暇をもらい、故郷へも帰れる。

「教官は竹形少尉。助教の大浜伍長は、助手二名を自分で選ぶとよい」

といわれた。大浜伍長は、嘉興《かこう》の教育隊へ「初年兵を教育するための教育」を受けに、一ヵ月半出向することになった。

教育を受けて帰隊すると、中隊長が、

「ご苦労だった。ところで相談だが、お前たち予備役の者は、近日、召集解除で内地へ帰れるが、現役兵は、こういう時でもないと内地へはもどれぬ。どうだろう、初年兵受領を現役兵にゆずってはくれぬか」

と、いう。

大浜伍長としては（うまくだまされた）という気もしないではなかったが、頼みにはうなずかざるをえない。

大浜伍長は、それで、杭州へ、歯の治療で出張したい、と申し出て、許可をもらった。ただし、条件がついた。余杭から杭州へ通うバスの警乗長勤務である。しかし、杭州へ行けば、食べ放題にうまいものも食べられる。大浜伍長は、初年兵受領のできなくなった代わりに、警乗長勤務をもらい、杭州で鬱憤《うつぷん》を晴らしていたが、この警乗長勤務には、思いもよらぬできごとが、つきまとった。

余《よ》杭《こう》にて

――大浜軍曹の体験㈣

1

大浜伍長が、余《よ》杭《こう》から杭州への警乗長勤務につく時、部隊一の札《ふだ》つき万年一等兵の町田が、

「班長、おれも杭州へ連れて行ってくれや。軍医の治療証明書もとったし、中隊長からも〝バス警乗勤務ヲ命ズ〟という許可ももらっている」

と、頼んできた。町田一等兵は、部隊で年じゅう問題を起こす。腕には入墨をしている。歯は金歯だらけ、筋骨隆々、酒も強い。喧嘩好き。ただ、中隊長と大浜伍長のいうことは素直にきく。

中隊長は、将校集会の席上で、

「不良の兵隊を正道にもどすには自信がある。彼のやりたい仕事を与えることだ」

などといい、町田には、カメラを持たせて、中隊内の行事、または個人のポートレートなどを撮らせて、うまくいっていた。それで、杭州行きも許可したのである。

ところが、警乗勤務三日目に、杭州で、町田は事故を起こした。他部隊の兵隊と口論の揚句《あげく》、争いになり、町田は剣を抜いて相手の腹を刺した。バスの停留所の控室にいた大浜伍長のところへ、注進がきた。警乗任務は長以下五名でやる。

大浜伍長は、現場へ急行し、負傷者は病院へ運ばせ、責任は自分がとる、と、他部隊の者にいった。町田は、我に返った顔で、血に塗《まみ》れた剣を持て余している。

「おい。剣を拭いて、しまえよ。仕様がないな」

といって、肩を叩いてやる。あとは、なりゆきに任せるしかない。

余杭に帰隊してから、大浜伍長は、委細を中隊長に報告する。中隊長の憤りは当然で、町田一等兵は重営倉入りを命ぜられ、

「大浜伍長は、追って沙汰あるまで謹慎せよ」

と、いわれた。

杭州での、町田一等兵の事故のあと、これがもとで、大浜伍長は、警乗長任務を解かれた。歯の治療は長引くので、いつまでも杭州通いをしたかったが、やむを得ない。町田一等兵も、営倉入りですみ、なによりだった。町田の事故は、杭州で憲兵隊には調べられたが、喧嘩両成敗で済んだのである。

警乗長勤務は、大浜伍長から、磯野兵長に代わった。ところが、思わぬできごとが突発した。磯野兵長らの警乗しているバスが、地雷にかかって、磯野兵長はじめ、勤務兵すべてが

吹っ飛ばされて、死んでしまった。もし、大浜伍長が警乗していたら、当然、死んでしまったはずである。

この磯野兵長には、気の毒な事情が重なっていた。

一ヵ月前、磯野兵長は、馬匹受領のため、留守隊の歩兵第四十二聯隊へ出張した。馬匹受領もまた、特別に休暇がもらえる。磯野兵長が、故郷の厚狭《あさ》へもどってみると、我が家が消えていた。我が家のみか隣近所もなくなっている。役場へ行って事情をきくと、先日（昭和十七年八月二十七日）の台風で、家はむろん家族もみな、洪水の波にさらわれてしまった、という。

あまりのことに、磯野兵長は茫然自失したが、何もかも失ったので、やむなく、聯隊へもどってきた。出張中なので、ゆっくりと家族の霊を弔《とむら》ったりすることもできなかったのだ。磯野兵長は、ひと目両親家族に逢いたかった、という心残りのままに、原隊を発《た》たねばならなかったのだ。信じがたい災厄である。

磯野兵長の警乗したバスが、地雷で吹き飛んだ時、仲間たちは、

「家族の霊が、呼び寄せたんじゃないのか。巻き添えになった連中もかわいそうだ。みなで冥福を祈ってやろう」

といって、兵室に写真を飾って、祈った。

（磯野は気の毒だった。だが、おれはまた、あぶないところを助かってしまった）

と、大浜伍長は、自身の運命のふしぎを、思いみている。

2

軍隊、戦場生活では、何が起きるか、一寸先はわからない――という思いを、しみじみと嚙みしめながらも、大浜伍長は、日々の任務に精励している。

付近の粛清討伐に出る時は、部隊は、たいがいの場合、小銃一個中隊と大隊砲一門の小編成で出かける。この場合、大浜伍長は、大隊砲の分隊長を命ぜられる。大隊砲隊には分隊長要員が四名もいるのに、なぜか大浜伍長に分隊長任務がくる。これは、経験と能力を買われているからだが、困るのは、聯隊砲と大隊砲とでは、組立、分解、各部分の名称が違う。砲手の配置さえ違う。それに大浜伍長は、任官と同時に予備役に編入されているし、大隊砲中隊の兵隊の顔も性格も、よくわからない。粛清行も、密造物資の捜索くらいなら、これという戦闘もないからよいようなものの、本格的な撃ち合いとなったら、うまく指揮できるかどうか。

「命令となれば仕方はないが、自信のある指揮をとりたい」

と、大浜伍長は思う。よい戦いぶりをしたいのだ。

やがて、昭和十八年の春になった。

大浜伍長は、軍曹に進級している。使われるかわりに、出世だけは考えてくれているのである。

初年兵が入隊してきた。七十名のうち、大浜軍曹の班には、三十三名が配属された。

大浜軍曹は、初年兵たちを前にして、

「今日からおれがお前たちの班長だ。身を入れて教育するから、しっかり学んでほしい」

と、訓示をする。

教育係の助教としての仕事は、はじめは、初年兵の顔と名簿を合わせる。

初年兵の中に、吉田という兵隊がいたが、これはシアトル生まれの二世だった。柔道が強く、ハイスクールでは、フットボールの選手だった。吉田は、父の遺骨を先祖の墓に納めるために、はじめて日本に来たのだが、用件を終えてアメリカに帰ろうとした時、日米開戦になってしまった。

日本兵――として、徴兵されたのである。吉田二等兵は、日本語も満足にはしゃべれないし、むろん、軍人勅諭など、わかろうはずもない。しかし、皇軍の一員ではある。

大浜軍曹が、助手に選んだ木戸兵長は、ハワイ生まれの二世で、日本滞在も長いので、日本語もよくわかる。それで大浜助教は、

「吉田を頼むよ。お前ならなんとかつき合えるだろう」

と、頼むと、

「引きうけます。しかし、吉田も、皮肉な運命ですね。戦争のせいで仕方もないでしょうが」

と、いい、とにかく引きうけてくれる。

初年兵教育をはじめて、いちばん困ったのは、兵隊たちに、馬の経験のないことだった。家が農家で、牛馬を扱ったことのある兵隊は、二人しかいなかった。馬は、そんな兵隊を見分ける。これは、大浜軍曹も、初年兵時代に経験したことである。

古兵に叱られながら、初年兵たちは、馬糞の取り方を教えてもらう。大砲と厩《うまや》の二つに分けて、毎日手入れもする。大砲の場合はキビキビした動作を示すが、厩で働く場合は、足どりも重そうにみえた。

大浜軍曹の教育は、あくまでも、戦闘間に役に立つ兵隊をつくることに、専念している。従って、内務のことなどは、あまり気にしない。一般に初年兵は「整理」「整頓」などと書いた紙を壁に貼ったりしているが、内務など、どうでもよい、強くなれ、と教えた。

ある時、中隊長に呼ばれた。

中隊長は、大浜軍曹を叱った。

「お前の班は何だ。きたないのにも程がある。まるで家畜小屋ではないか。鶏の放し飼いをしておるから、寝台の上にまで鶏が飛び廻り、いたるところに卵を産んでおる。兵舎裏には豚が駈け廻り、兵室内にももぐり込んでくる。乾麵麭の箱の中には、鼠が巣をつくっておる。床の下には員数外の被服を隠して、汚れっ放しだ。内務がなっとらん。内務の悪い兵隊は、戦闘においても役に立たんのではないか。典範令をよく読め」

大浜軍曹も、負けてはいなかった。

「お言葉ではありますが、自分は、誠心誠意、初年兵教育につとめております。ただ、内務の教育には自信がありません。このことははじめに申しあげております。戦場の教育は、戦いながら学べばよい、と、自分は考えております。内務がまったく必要でないとは申しませんが、自分の体験から考えまして、根性と忍耐力のある兵隊に仕上げればよいと思っております。その点、勇気ある兵隊に仕上げつつあります。結果は、いずれわかっていただけると信じております」

大浜軍曹の、自信に満ちた言葉には、中隊長も、それ以上には苦言を呈さなかった。

初年兵教育が、四ヵ月目になったころ、作戦に出ることになった。初年兵も出る。実戦訓練である。

小銃二個中隊、聯隊砲一門で編成、大浜軍曹は、教育隊の実力を見せたいと思い、張り切って分担をきめた。

砲手九人は、全部初年兵で固めた。近く召集解除になる古参兵は、怪我をさせぬよう、後部の弾薬班に廻した。隊伍は、目的地の村落に達したが、敵影はない。日暮れ近くなっていた。

隊伍が、小休止をし、引き揚げようとした時だったが、ふいに、一方の木立の中から、激しい重機の射撃を受けた。三百メートルほど離れている。

聯隊砲を一発ぶち込んで応戦するのがもっとも早道、と、大浜軍曹は考えたが、みると、砲手は全員影がみえない。しかし、初年兵係助手の木戸兵長と、大崎兵長とが砲側にいた。

「木戸よ、一発嚙ますか」

と、大浜軍曹がいい、二人が頷《うなず》く。そこは馴れた者同士で、大崎が四番、木戸が一番、大浜軍曹が五番で、砲尾につき、観測して、とにかく一発、

「撃て」

と命じて、撃たせた。

この一発で、重機の銃声はピタリとやんだ。

砲のまわりに、古兵たちは出ているが、中隊長も初年兵も、まったく姿がみえない。敵の銃声がやむと、初年兵たちが、砲側へもどってきた。びっくりして、本能的に隠れていたのだ。大浜軍曹は、初年兵たちに（中隊長にもきこえるように）、

「砲手は砲を枕に死ぬのだ。それが砲兵魂だ。敵が撃ってきたら、とにかく一発見舞ってやる。一秒でも早く撃つのが大事だ。号令は中隊長が出す。しかし、今回は臨機応変ということで、分隊長の独断で発射した。これだけは告げておく」

と、いった。

中隊長は、どこからか出て来たが、帰るまで、一語も発しなかった。

初年兵教育も、だいぶ進んだ五月のある日、兵器係の藤本少尉が、兵室に入って来ると、仲間と話し合っていた大浜軍曹に、

「大浜、貴様は、たるんどるぞ」

と、いうなり、立てつづけに、数発殴りつけてきた。

何のことかわからないが、大浜軍曹は、むっとして、

「何をするんか。何の理由あってか、いうてほしい」

と、身構えた。落度があったとは思えない。懸命に、教育係をつとめてきたのである。

藤本少尉は、

「砲身に錆《さび》が出ておる。陛下がご下賜になった砲を、何と心得ておるのか。目を覚まさせてやろうと思って、やったことだ」

と、いった。

大浜軍曹は、なお身構えながら、答えた。

「自分は平素より部下に対し、鉄の塊にしか過ぎない砲は、少々錆があっても撃てる。しかし馬は生き物ぞ。常に注意して、最良の健康状態にしておく必要がある。砲の手入れをするひまがあったら馬の手入れをしろ、馬は、兵隊の親切を人間以上に感じて、いつでも兵隊を助けてくれる、と、教えています。自分は、自分の考えを、間違っとるとは思わんです。馬があってはじめて、砲が役に立つんです」

大浜軍曹も、大声を出していい、その声で、町田少尉が、兵室に入ってきた。

「大浜軍曹、どうした」

と、きく。

町田少尉は柔道三段で、大浜軍曹とは、気の合う間柄である。

争うとすれば、藤本少尉と町田少尉の二人を相手にすることになるのか、と思ったが、町

田少尉には、そんな気配はない。それに、部下たちが、まわりに集まってきた。部下たちは、藤本少尉が、不法に自分たちの班長を殴ったことを知っている。初年兵はともかく、古参の兵隊が黙っていない。やるならやってやろう、という、殺気立った空気が、あたりにみなぎりはじめた。

もし争いとなれば、へたをすれば、上官侮辱で、三村曹長みたいに、軍法会議送りにならないとも限らない。だが、自説を曲げたくはない。

騒ぎは、中隊長の耳に入り、藤本少尉と町田少尉、それに大浜軍曹の三名が、中隊長室前に呼ばれた。

藤本少尉は、砲身に錆を出しているのを注意したのに、逆に反抗的態度をとっている、と、中隊長にいいつけている。

大浜軍曹は、さきほどの持論を中隊長に話し、加えて、

「浙贛《せっかん》作戦で、谷底に砲を落とさず、無事に金華まで運ぶことができたのも、馬の力があったからでしょう」

といって、ゆずらない。

しかし、大浜軍曹は、争っても負けだな、と、内心であきらめかけたが、するとうしろから、その場に飛び込んできた兵隊がいる。かれは、例の万年一等兵の町田で、右手に拳銃を持ち、血相を変えている。町田一等兵は、拳銃を藤本少尉の胸に擬して、

「お前か、うちの班長を、いきなり殴りよったのは。おれが相手になっちゃる。おれは、い

つ死んでもええ男や。お前を殺し、おれも死んだる。それで異存はないやろ」

と、いった。

やるといったら、ほんとにやる男なので、さすがに大浜軍曹も当惑した。収める方法は一つしかなかった。

大浜軍曹は、町田一等兵にいった。

「町田よ。お前の気持は、ようわかっちょる。しかし、ここは軍隊ぞ。だが、お前がおれのためにやるというなら、やるがいい。藤本少尉を撃って、お前も死ね。だが、残るおれはどうなるのだ。おれだって生きてはおれぬぞ。よう考えてみい」

町田は、そういわれて、はじめて、藤本少尉に向けていた眼を、大浜軍曹に向けた。かれも、決断を迫られている。すると、藤本少尉がいった。

「大浜軍曹。おれがいきなり手を出して、すまんことをした。ゆるしてくれ。お前のいうことはわかった。砲より馬が優先する。どうか、この場は、おさめてくれ」

町田一等兵は、黙って、拳銃を大浜軍曹に渡し、

「すまんことをしました、班長殿」

と、いって、泣きはじめた。

中隊長が、

「よし、わかった。これだけにせよ。あとは、お互い、争わんようにしてくれ」

と、いって、その場はとにかく、おさまっている。

3

初年兵教育が、無事に終わり、初年兵たちはみな、一等兵になった。

大浜軍曹らの南寧補充の兵隊たちも、召集解除の時期が来た。

外出許可をもらって、南寧補充の兵隊たちは、外出した。

「除隊前だから、節を乱すな」

と、人事係が注意している。

大浜軍曹は、別に外出したくもないので、班内で休んでいると、夕方、同年兵の大門上等兵が、酔っ払って帰ってきた。

「班長、おみやげだ」

といって、大門上等兵は、大浜軍曹の好きな焼き芋を、くれている。

ところが、少しして、表で騒ぎがあり、初年兵が、

「班長殿、大門上等兵殿が、週番士官殿に調べられています」

と、注進してきた。

大浜軍曹が表へ出てみると、兵舎の前に、中国人と、週番士官の万田中尉がいて、万田中尉は、大門上等兵に、

「貴様は、日本軍人の恥さらしぞ」

と、叱っている。

大門は、前へ出て、様子をきく。

大浜軍曹は、酔った勢いで、中国商人の店から、無断で食い物を盗んだ、といって、商人が訴えて来たのである。商人は、大門の顔を覚えていたから、すぐに、みつかったのだ。それで、大門は、油をしぼられていたのである。

大浜軍曹は、話をきくと、

「大門よ。よくもわれわれ仲間の恥をさらしてくれたなあ。週番士官殿は許しても、おれは許せんぞ」

と、いうなり、大門を平手打ちにする。それも、五度、六度と、打ちつづける。

すると、中国人が、うしろから、声をかけてきた。なりゆきを、心配したのだ。

「先生《シーサン》、先生、不要《プヨ》、不要」

と、兵隊にわかるよう、とめつづける。

万田週番士官がいった。

「大浜軍曹、もうやめろ。商人も、もういい、わかった、といっている。大門には弁償をさせる。ここだけですまそう」

そこで、応分の弁償金を払わせ、商人を帰す。

大門上等兵は、そのあとで、

「班長、なかなか、ああうまくは叩けんよなあ。万田さんも、調子を合わせてくれたし。ほんまに、すまなんだなあ」

と、いった。

だれもが承知の上での、芝居を打って、事をおさめたのである。

八月の上旬になって、大浜軍曹たちに、召集解除の日が来た。

余杭をあとにし、杭州からは汽車で、山海関を経、朝鮮を縦断して、釜山へ来て、はじめてほっとした。

引き返して来い――という、追加命令が来るかもしれない、という気がしていたのである。

関釜連絡船で下関へ、そうして山口の兵営へもどって、出迎えに来てくれた弟から、背広をうけとって着更え、営門を出る。

(生きてもどってきた)

という感慨が、胸を満たした。

しかし、大浜軍曹の軍務は、これですべて終わったわけではなかった。あるいは、ここまでの軍務は、まだ、序ノ口であったのかもしれない。

バシー海峡《かいきょう》の鮫《さめ》

——大浜軍曹の体験㈤

1

昭和十八年の八月に、三年八ヵ月に及ぶ戦地での軍務を終えた大浜軍曹は、召集解除になって、故郷へもどってきた。

写真業を専門にやりたかったが、いずれまた召集か徴用のくることは必至である。軍需工場にでも勤めなければならない。

それで、弟の勤めているチタン工業宇部《うべ》工場へ勤めた。庶務課の事務員である。休日や、余暇がもらえると、写真業もやった。一応、召集は免かれるであろう、と思い、毎日、元気に出社する。

両親は、早く嫁をもらって、ともかく家庭を築いておけ、子供もつくっておいたほうがよい、召集が来ないという保証はない——といって、結婚をすすめた。

親のすすめる見合いをすることになったが、その見合いの相手というのが、大浜軍曹のもっとも苦手とする、小学校の先生だった。器量も教養も申し分のない人だったが、それだけに肩が凝《こ》る。

見合いは、二人きりで、近くの料理屋で行なった。奥の座敷で話し合っているうち、人生論になり、お互いにゆずらない。大浜軍曹にしても、戦火の中で得た人生観がある。部屋の中は、大浜軍曹の吸う煙草の煙が濛々《もうもう》とたちこめ、遂に息苦しくなって、窓を開けることにした。

窓を開けると、すぐ窓の下に金木犀《きんもくせい》がいっぱい花をつけていて、煙は逃げ、金木犀のなんともいえない、いい匂いが部屋の中へ流れ込んでくる。

「いい匂いですね、金木犀は」

と、大浜軍曹がいうと、相手の女性も、

「いい匂いですこと」

と、いう。

結局、ふたりは、金木犀の匂う部屋で、気が合って、翌十九年の二月十一日の紀元節に結婚式をあげた。

この当時は、男女が並んで歩いても、周囲の眼がうるさかった。ふたりは、こっそりと付近の温泉場へ、新婚旅行をしたにとどまる。

旅館で、新婦は、さすがに学校の先生だけあって、結婚の所感を、

玉も身も捧げまつらん今日よりは

君が辺に生く幸多きわれ

という一首の歌に示して、夫君たる大浜軍曹に渡した。歴戦の大浜軍曹は、この歌にはお手あげの状態だったが、夫婦仲むつまじく、幸福な日々がつづいた。ところが、それもわずか五ヵ月で、やはり、召集が来てしまった。

新たに軍刀を買い、征途に就《つ》くことになった。

大浜軍曹は、昭和十二年の県の剣道大会で十三人を抜き、賞品としてもらった尺三寸の備前長船《おさふね》を所有している。この軍刀を持参して、と考えた。大浜軍曹は、長い戦務の間、軍刀で相手を殺傷したことはない。聯隊砲は後方勤務なので、白兵戦で彼我が戦う、という場面には出合わない。ただ、砲撃によって、遠方にいる敵を撃ってはいるが、肉眼ではみえないので、直接人を殺傷した、という気分はない。今度召集を受けても、同じ聯隊砲だろうし、軍刀を使うことはないであろう。それなら尺三寸で充分間に合いそうだが、戦局がきわめてきびしい事情に立ち到っていることを考えると、よほどの混戦にぶつからないとも限らない。尺三寸の短い軍刀は、もし自分が死んだ時、形身になるのではないだろうか、と思い、新たに軍刀を仕入れたのである。妻の持参金一千円の中から軍刀を買い、それを妻の心のこもっているものとして、身につけたのである。

兵営に着いてみると、聯隊砲中隊ではなく、第八中隊へ入れられた。第八中隊には、南寧補充で聯隊砲中隊に配属された当時の井原准尉が、中尉になり、第八中隊長になっていた。

「大浜、元気だな、がんばってくれ」

と、井原中隊長に、懐かしげに声をかけられている。南寧では、ともに、写真好きで、写真の処理をしていた関係もある。

大浜軍曹は、中隊命令で、給与係を命じられている。これは、練兵場で訓練をやらずにすむ、ありがたい事務仕事だった。

しかし、水泳訓練の時は、大浜軍曹は経験が深いので、秋穂海岸まで歩いては、水泳訓練を指導する。訓練といっても、乗船が沈没した場合の、避難訓練である。泳ぎのできない兵隊も多かった。この兵隊たちに、正しい泳法を教えている時間はない。いつ出動命令が出るかわからないし、出たら南方行きにきまっている。

避難訓練の速成教育は、敵の魚雷が輸送船に命中し、沈没寸前の船から脱出する時の、姿勢と方法を教え、熟練させた。

高い、飛込用の櫓の上から、海面へ飛び込ませ、着水する寸前に両手を大きく横にひらき、水面を音のするほど強く叩く。これは、海水深く、身体の沈むのを防ぐ方法である。

2

部隊は、十九年八月十三日の深夜に営門を出て、列車で下関へ行き一泊、翌十五日に門司に渡って乗船開始、十六日に六連《むつれ》島沖で船団を組んだ。輸送船九隻を、十二隻の護衛艦が囲んで出航する。

対馬《つしま》海峡を経て東シナ海に出るまでは、大浜軍曹は、

（十二隻も護衛艦がつくとは大袈裟《おおげさ》な）

と思っていたが、東シナ海へ出てからは、敵の偵察機が、船団の上を右往左往する。船団は鹿児島湾に入ると、ジグザグコースをたどって、台湾をめざす。基隆《キールン》港へは九月初旬に入港したが、その直前、左側の一隻が、物凄い音響とともに、水柱をあげて沈んだ。

高雄港へ着くと、敵機と、友軍艦との撃ち合いがつづいた。海防艦一隻が沈んだが、とかく輸送船は無事だった。しかし、台湾を離れると、やがてバシー海峡に入る。バシー海峡は、いわゆる、鮫の巣——と呼ばれるほど、鮫の多い海域である。無事に海峡をぬけて、目的地のフィリピン諸島へ到達できるのだろうか。

九月八日の夜。

今夜あたりがあぶないぞ、という声が、どこからともなく、乗船者の耳にきこえてきた。

夜半の十二時を過ぎ、大浜軍曹は、デッキの上に寝そべって、朧月《おぼろづき》の出ている空をみあげていた。静かだ。無事であるように、と、祈る気持はある。

大浜軍曹の乗船していたのは、満州丸である。

午前三時。

右側の一隻が、魚雷攻撃を受け、火柱を高くあげた。燃料船なので、火のついたドラム缶が、夜空へ舞いあがるのがみえる。

大浜軍曹は、中国戦場の戦火に揉まれているから、戦場度胸はある。火柱をみても、

（なに、うちの船は心配あるまい）

と、一応安心して、デッキに横になっていると、つぎの一瞬、自船の船尾に、物凄い衝撃がきて、大浜軍曹は、一メートルほども抛《ほう》り上げられた。

船がとまる。

つづいて、二発、三発と、魚雷は船のまん中に命中する。

海水の水柱が、雨のように降ってくる。大浜軍曹は、あたりをみたが、船尾は、吹っ飛んでいて、なかった。最初の一発が、スクリューを狙ったのだ。エンジンもとまる。

船はみるまに、左舷に傾く。轟沈である。

大浜軍曹は、軍刀を背負い、救命胴衣を手に持って右舷に移ろうとすると、つぎつぎに海へ飛び込む兵隊たちの姿がみえた。

大浜軍曹は、早く船を脱出したいと思い、一段上の甲板へ駈けあがる。その甲板に、備えつけのボートがみえた。吊るしたロープを軍刀で斬ろうとしたが、刀が撥《は》ねあがるだけで、とうてい斬れない。

船は、沈みつつあるので、もう眼前に海が接近している。水面まで、一メートルもない。

船が燃えるので、あたりは明るい。

大浜軍曹は、真近く迫っている海へ飛び込む。そうして片手で懸命に水を掻き、もう一方の手に救命胴衣を持って、泳いだ。

大浜軍曹が、なぜ救命胴衣を身につけず、手に持って泳いだかというと、船には、種々雑多に鉄線や電線が張りめぐらされているので、それに引っかかると、救命胴衣を身につけていては、浮き上がれないので、海中へ、船とともに沈んでしまう。電線に巻きつかれて身動きもできず、沈んだ兵隊も多いのである。危急の際にも、つねに、知恵が働くのは、歴戦の経験が、物をいうからであろう。

早く船の側から離れないと、渦に巻き込まれてしまう。周囲をよく見、判断を失わなかったのは、大浜軍曹が、水泳の達人であった故もあるだろう。

一発目の魚雷が命中して、船が停止して、そこで海へ飛び込んだ兵隊たちは、つづく、二発、三発の魚雷の爆圧で、腸が裂け、その血に集まってくる鮫に、食われるのである。

大浜軍曹は、完全に船の沈みかけるのを認めて、海中に飛び込んでいる。

安全圏と思われるところまで、泳いで逃げ、そこではじめて、救命胴衣を身につけた。ふり返ると、船は、まん中から船体が折れ、船首と船尾をさかさまにして、中央からみるみる沈んでゆく。甲板の上に、逃げ惑《まど》っている兵隊たちの姿がみえる。

水圧に、船の砕ける響きが、腹にヒリヒリと伝わってくる。あたりに鼠が、浮遊物と頭の間を泳ぎ廻っている。鼠も同じ生きもの、被害者同士である。

「ネズミさんよ。おれと一緒に死ぬか」

と、心の中で呼びかけた。気持は、案外、落ちついているのである。

大浜軍曹は、出征時に、長さ三メートルもある赤褌を持参していた。これは鮫よけである。これを海中に垂らしたが、足にからみ、邪魔になって泳ぎづらいので切りすて、体を浮遊物に縛りつけ、足を鮫に食われないように水面近くに持ち上げて、救助を待った。

鮫は、大浜軍曹の側にも寄ってくるが、尾が触れても、食いつかない。溺れた人たちを食って、満腹しているのだ。満州丸の乗船者は一千五百名である（のちにわかったが、救助された者は五百名に過ぎなかった）。

海の上に浮いたまま、救助を待つ時間の長かったこと。それに、ひどく寒い。南方とはいえ、夜明け近くは、ふるえるほど寒い。

空の白みかけたころ、視野の果てに、ぼんやりと海防艦の姿が浮いてみえた。明るくなってくると、まわりを泳ぎまわっている鮫の姿もよくみえてくる。海防艦の影を女神とすれば、鮫は、まさに、死に神の姿だ。

「泳げる者は泳いで来い」

と、近づいてきた海防艦から、海軍兵が叫んでいる。泳げる元気のある者がいるだろうか。鮫の間を縫ってゆくことになるのだ。

海防艦は、浮遊物をかきわけながら近づいてきて、救命胴衣をつけたまま顔を水面に伏せている兵隊を、一人一人引き揚げるが、下半身のなくなっている兵隊もいる。爆圧で下半身が飛んだのか、それとも鮫にやられたのか、よくわからないが、いかにも痛ましい。

この日が九月九日で、船の沈没は午前三時十五分である。船は、三発目の魚雷を受けてから、わずか一分五十秒で沈没している。

大浜軍曹たちは、救助されると、海防艦で、北サンフェルナンドに運ばれて上陸、ここからは汽車にゆられて、マニラに達している。

マニラには、同じように遭難した他の部隊の兵隊たちが、いっぱいいた。

3

大浜軍曹は、マニラからボルネオに送られている。

マニラでは、

「飛行機の整備士や自動車修理工などの技術者は残す」

という布達があり、大浜軍曹は、もう二度と船には乗りたくないと思ったので、写真技術に熟達している——と申請したが、写真技術では、マニラには残してもらえなかった。

ボルネオに向かう時、大浜軍曹は、

（いよいよ運が尽きたらしい。ボルネオのジャングルに抛り込まれるのだ）

と、観念した。

（しかし、必ずしも運が尽きたといえなかったのは、数ヵ月後に米軍はフィリピンへの反撃を開始し、マッカーサー率いる大艦隊によって、レイテは失陥、フィリピンは、全島、きわめてきびしい戦況にさらされるからである）

ただ、ボルネオもひどく、上陸即、飢餓にさらされることになった。後方からの補給は一切断たれていたからである。大浜軍曹は、貫兵団独立歩兵第三六六大隊第四中隊の指揮班所属だったが、ボルネオでは、部隊としての整然とした組織の持てるわけはなかった。

密林地帯の中で、だれもが、原始人同様に、眼につくもの、手に入れられるものを、手当たり次第にとっては食べる、という、完全な飢餓状態にさらされてしまったからだ。この状態のまま、密林内の彷徨が、どこまでもつづく。

ヘビ、トカゲ、ワニ、サルなど、眼につく動物は、これを撃ってその肉を食糧にしなければならない。草や木の根も食べる。草や木の葉は、虫の食っているものを選べば、まず、大丈夫だと、大浜軍曹は思った。

調味料は塩だけだが、その塩も、三ヵ月も経てば尽きる。塩分が尽きると、体力も急速に衰えてくる。

体力を弱らせると、ワニやトカゲは、とても捕れない。カエルでさえも、緩慢な動作では捕れない。カタツムリの仲間は、捕らえやすいので、これはいちばんありがたい食べものだった。もっとも、生のままで食う。もし、焼いたり煮たりしようと思うと、ひとすじの煙でも、敵機は機敏にみつけて、山の形の変わるほど、艦砲射撃がくる。どこもかしこも、米軍によって、制空権、制海権は奪われていた。

（大浜軍曹らは、密林を彷徨していて、具体的な戦況を知る由もなかったが、日本軍はレイテで大敗、二十年一月にはセブ島へ転進、さらに悲境を深めている）

ジャングルには、カタツムリは多かったが、カタツムリさえ入手できぬ時は、本人の血を吸った山ヒルを、今度はこちらが捕らえて食べてしまうこともあった。

部隊は、一応、集結地は指示されていた。マニラから島伝いに南下し、ボルネオ島の最北端に着き、西海岸をたどりながら、ブルネイをめざしている。といっても、たどりつけるのか、どうか。

密林の中をたどっているうちに、大浜軍曹は、マラリアにかかって、本隊について行けなくなった。落伍すると、ひとりとり残される。病気のため、とり残され、そのまま死んでしまった兵隊を、ここまでで何人もみている。人を頼ることも、人を救《たす》けることもできない、身一つの難行軍である。大浜軍曹は、密林中にひとり残され、草や木の根を食べて過ごした。三日間、眠りながら疲れを癒《い》やし、マラリアからなんとか脱し得た。また、本隊を追う。さらに三日ほど歩くと、ふいに前方の明るい地点に出た。密林が拓《ひら》けている。東方にキナバル山がみえた。すると、中継点のラナウに近づいていると思えた。小川があり、澄んだ水が流れている。水辺に寄って、水を飲み顔を洗い、水浴もした。わずかながらも人心地がついた。

歩きつづけると、前方に、ニッパ椰子で屋根を葺《ふ》いた建物がみえてきた。表に、板切れに、野戦病院と書いてある。吹けば飛ぶような小屋である。

小屋のすぐ左手に、大浜軍曹の部下の井上兵長が寝かされていた。声をかけてやる。爆音がし、グラマンが五機飛んでゆく。百メートル先に医務室がある、と、井上兵長が教えてくれる。

「医務室へ行っても、ろくに薬もないだろう。せめて、キニーネを少しでも」

と思い、大浜軍曹はさらに進む。すると、前方から、いまみたグラマンの編隊が、こちらへ向かってやってくる。

「あっ」と思った時、機銃弾が、地面を洗い、大浜軍曹が、思わず脇に身を投げると、後方にドカーンと、爆音がした。爆弾を落としたのである。爆音が遠のいてから身を起こして、うしろをみると、野戦病院の建物が、影も形もない。爆弾で吹っ飛んでしまったのだ。そうして、爆発による直径十メートルもあろうかと思える、穴があいている。もし大浜軍曹が、井上兵長と話し込んでいたら、爆死させられてしまったろう。ここでも、あやうく、生きのびられたのだ。ただ、井上兵長と、何人かの患者は、この地でいのちを終えてしまった。

野の花をひと枝、爆風の穴に投げ込んで、大浜軍曹は、死者たちの冥福を祈った。

大浜軍曹は、そこからしばらく進んだが、井上兵長のいった医務室などはなかった。井上兵長の病中の幻想だったのかもしれない。大浜軍曹としては、目的地のブルネイの方向へ歩むよりほかはなかった。

ただ、体力が尽き果てているので、一日歩くと二日休み、というふうにしか歩けない。本隊へたどりつきたいと気は焦るが、どうしようもない。

いく日歩いたろうか、前方で、遠く、砲声や爆発音の轟く音がきこえたが、大浜軍曹は、それをマラリアの発作で、寝込んでいる時に聞いた。

（あの砲爆音はなんだろう?）

と、熱にうなされながら、思った。

発作がおさまると、気力をふるい起こして、また歩きつづける。

いく日かたっての、ある日の午後、大浜軍曹は、風に乗って、硝煙の燻《くすぶ》る匂いを嗅ぎわけた。

（戦いがあったらしい）

と、思う。

足を速めて進むと、丘を越えたその麓一帯に、死屍累々《しかばねるいるい》と散らばる様子が一望された。先行していた部隊が、飛行機による爆撃か、艦砲による砲撃によって、多大の犠牲を生んだものだろう。人影はまったくみえない。隊伍の休憩中を、グラマンによって掃射されたのではないか、とも思える。

大浜軍曹は、茫然として、その場にすわり込み、身動きもできなかった。

この日は、好天で、大量の死者は、丘の麓の草の上で、静かに眠っているだけである。

大浜軍曹は、本隊へ追いつけなかったために、ここでも生きのび得たのである。自身の生死の運命のふしぎを思わざるを得なかった。

大浜軍曹は、ブルネイに向かう途中、路傍に、力尽きて倒れ込んでいる仲間たちを多くみた。部隊は、マニラでの新編成だから、兵隊同士のなじみもない。戦火に追われてゆく仲間同士というだけである。死者には、その冥福を祈りながら進む。歩み悩む落伍者たちと、自然に隊伍を組み、密林中の、いくらか条件のよいところでは、長く休憩した。ブルネイに着いたからといって、戦争が終わるとも限らない。ブルネイも、敵の制圧下に置かれていないとも限らない。

密林彷徨が長くつづいたが、夏が深まると、米軍の機影をみることが、なくなった。そのうち、おそろしく高度の低い偵察機が空を舞い、日本軍降伏の宣伝ビラを撒《ま》きはじめた。密林にも、八月十五日が訪れてきていたのである。

大浜軍曹が、敗戦によって生きのび、アピの集中営から、復員船に乗れたのは、昭和二十一年の四月である。復員船を眼の前にした時は、さすがに故しれぬ涙が出た。

復員船は、航空母艦「葛城」だった。辛うじて生き残った、日本海軍の艦船である。復員船は、四月二十五日に広島県の大竹港に着いている。

部《ぶ》隊《たい》を離《り》脱《だつ》して

1

昭和十八年四月から一ヵ月にわたって、魯《ろ》東《とう》（山東省東部）中部作戦が行なわれた時、独立混成第五旅団（桐兵団）の独立歩兵第十六大隊も、大隊長以下、総力を挙げて、この作戦に参加している。

　この当時、大隊本部は坊子《ぼうし》にあった。旅団司令部は青島《チンタオ》にあり、各大隊は坊子、即墨《そくぼく》、高《こう》密《みつ》、芝罘《チーフー》、諸城等に置かれ、第十六大隊は濰県《いけん》、昌楽《しょうらく》、安邱《あんきゅう》、昌邑《しょうゆう》等に中隊本部を置き、分屯隊を周辺に配置していた。この地区は共産八路軍のほかに、重慶軍、南京政府軍（保安隊）等が散在した。保安隊は日本軍の一部である。

　この作戦の時、大隊本部経理室に勤務していた木下伍長は、田辺主計と二人で、この作戦に参加することになった。木下伍長は行李班長を命ぜられ、秋元一等兵を部下とし、苦力《クーリー》の田《でん》を加えて、三人で、部隊の最後尾についた。

坊子を出発して三日目。山また山を歩きづめに歩いたので、ひどく疲れたが、ただ、ここまでは敵との遭遇はなかった。

ところが、その日の夕刻。

前方の稜線上で、激しい銃声が起こり、戦闘状態となった。部隊は、交戦しつつ、追撃態勢になり、稜線の向こうに消え、銃声だけがきこえる。木下伍長らは、本隊に追いつこうとしたが、道が嶮《けわ》しくて捗《はかど》らぬうちに、みると、撃退されたはずの敵が、稜線上に現われ、こちらへ向かってくる。その数、ざっと二百はいるとみえた。どうしてこういうことになったのか。木下伍長らは、三対二百で敵とぶつかることになるので、やむなく、物陰に身を隠すことにした。

木下伍長は、昭和十五年の十二月に入隊、坊子で一期の教育を受け、終わると北京の経理部教育隊に派遣され、みっちりしごかれたが、十二月に主計伍長に任官して帰隊、経理室勤務になっている。

同行している秋元一等兵は、一般中隊から行李班要員に派遣されてきた兵隊で、この作戦で、はじめて顔を合わした。苦力の田は木下伍長とはなじみの、頼りになる中国人である。秋元一等兵は、木陰に二人で身をひそめた時から、ぶるぶるとふるえていた。補充の、戦場経験の浅い兵隊である。眼の前には、綿服を着、弾帯を肩にかけた、あきらかな八路兵が山から下りてくる。

「秋元、小銃を渡せ」

といって、木下伍長は、秋元の小銃をとりあげた。秋元に、恐怖の余り発砲されると困る、と案じたからである。小銃は秋元が持っているだけである。木下伍長は軍刀に拳銃、田はもちろん無防備。これでは戦闘力はほとんどない。

木下伍長らは、息をひそめて、敵の接近してくるのをみまもる。敵の最左翼の一隊は、三人のひそむ傍らの、二メートルほど離れたところを通過している。あぶなく助かったのだ。つまり、これらの敵は、別働隊が、討伐隊との正面衝突を避けて来たものと思えるが、はっきりはしない。

「よかった。これで本隊を追及できる。急ごう」

木下伍長は、命拾いをしてほっとしながら、二人を促し、急ぎに急いで稜線を越え、さらに前進を重ねたが、本隊の姿はみえない。そのまま夜っぴて歩きづめに歩き、朝靄《あさもや》が湧きはじめた。行く手を透かしてみても、山の起伏のほかは、敵も味方もみえない。どうやら本隊にはぐれたのである。どうしようもない。

「明るいうちは休もう。暮れたら本隊を追う」

木下伍長はそういい、谷川の水をさがし、木陰で休む。そして、暮れると歩き出す。やがて夜が明ける。明けると寝《やす》む。ともかく敵中である。

三日目の夜、歩き出すなり、秋元が弱音を吐きはじめた。

「班長殿、もう歩けません」

と、いう。励ましても駄目だな、ということは、木下伍長にもわかった。だいいち木下伍長自身も参っていた。本隊を追及することより、自分らの食糧をさがすのが先決だった。携帯口糧は二日で尽き、食物なしの、谷川の水を飲みながらの旅である。集落は、いくつかあった。しかし、食物は、枯れた芋の蔓《つる》くらいしかない。住民は影も形もみえない。八路のいう空室清野（敵を飢えさせる）の作戦が行なわれているのだ。

秋元は、足元をふらつかせて歩く。苦力の田はしっかりしている。田は炊事の苦力で、木下伍長を、木下大人《たいじん》といって慕っていた。

食なしで、さらに三日歩き、さすがに三人とも、力が尽きた。欲も得もなく、通りすがりの無人の集落の、とある民家で眠り込み、そのまま意識も朦朧《もうろう》となる思いで、ただ、泥のように眠った。

木下伍長は、昭和十三年四月に、満蒙開拓義勇団内原訓練所（加藤完治所長）に入所している。一ヵ月の訓練後、第一次渡満部隊として、牡丹江《ぼたんこう》の寧安《ねいあん》訓練所に入所、幹部助手訓練隊を経て、ハルピンの嚮導訓練所に移り、入営するまで大陸生活をしていた。

木下伍長は、栃木県下の農家に生まれたが、青雲の志を立てて上京、苦学して日大工業学校の夜間部で学んでいたが、その時、二・二六事件が発生、国家は満州への発展を督励する。その波に乗って、内原訓練所へ志願したのである。

「我等義勇軍は天祖の宏謨《こうぼ》を奉じ、心を一つにして追進し、身を満州建国の聖業に捧げ神明に誓って天皇陛下の大御心に副《そ》い奉らん事を期す」――との綱領のもとに勇躍して満州の土を踏み、武道や開墾に精励し、満語の学習にも力をそそいだ。満語（北京官話である）の習得は、のちに役に立った。渡満した翌年にはノモンハン事件が起き、義勇軍も応援のため東《トン》京《キン》城の守備隊に所属し、匪賊との交戦にも従事した。こうした経験を経て、軍務についたのである。

しかし、それは以前のこと、いまは疲労と空腹とで、気息奄々として眠り込んでいる。

2

身体を突かれて、木下伍長らが眼を覚ますと、まわりに、敵兵が立っている。

敵兵は、集落に入ってきて、民家に日本兵が倒れ込んでいるのをみ、あやしんだのだ。倒れ込んでいる日本兵三名は、まるで生気がなく、突ついて起こそうとしても、半死半生の状態で、反応もない。木下伍長は、むろん、敵にみつけられた、とは察したが、身体が動かず、口もきけず、ままよ、死なば死ね、といった糞《くそ》度胸をきめて、眠りつづけたのだ。前後不覚になった、といってよいのだろう。

木下伍長らが、つぎに目覚めてみると、三人とも、民家の床の上、布団の上に寝かされていて、土間には監視兵が立っている。隊長らしいのが入ってきたが、あまりに衰えている日本兵をみて、そのまま出て行き、じきに食事が運ばれてきた。飢餓状態をみぬいてくれたのだろう。食事は、饅頭《マントウ》を薄く切り、豚汁をたっぷりかけてある。飢餓が極度の時、消化の悪いものを多く摂《と》ると、死ぬ危険がある。その点、ゆきとどいた配慮である。それに、なんとという美味な食べものだろう。木下伍長らは、敵中であることも忘れて、天来の美食に酔わされてしまった。

食事は、おかわりまでさせてくれたが、立場は不安である。気の弱い秋元は、

「班長殿、自分らは殺されるのでしょうか」

と、おびえた眼もとで、きく。

「殺すつもりなら、とっくに殺しているよ。殺す兵隊に、こんな御馳走をしてくれるはずはない。安心しろ」

と、いいきかせたが、どこまで得心したかはわからない。とにかく捕虜になったのである。秋元のおびえる気持もよくわかる。殺す前に、情報収集を、と、相手が考えていないとも限らない。

食事のあと、取り調べられることになった。

取り調べ官は、陸という部隊長だった。陸部隊長は、さきに木下伍長らの様子をみにきた陳という隊長の上司である。陸部隊長は四十過ぎだろうか、風貌のしっかりした人である。襟に階級章、腰にサーベル、長靴を穿《は》いている。陳隊長も、言葉つきがやさしかったが、陸部隊長もきびしい表情はみせていない。語りかけてくる言葉も平静で、好意が感じとれた。

木下伍長は、部隊長の問いに答えて、坊子を出発して以来の事情を、正直に話した。偽ってみても、無益のことはわかっている。悪びれぬ態度で、相手の心証をよくしなければと思

う。日本軍の動向についてもきかれたが、軍内部の事情は、下士官クラスでは、重要なことはなにもわからない。木下伍長は、自分は経理関係の仕事はしているが、命じられたことを忠実にやっているだけだ、と答えた。

北京官話が、ある程度話せることが、この場合、役に立った。時に筆談をまじえ、また、田が通訳の役もしてくれる。これで座の空気も、和《やわ》らぎ、話しよくなっている。

「君は北京語をどこで覚えたのか」

と、部隊長は、きく。

やはり、ふしぎに思うらしい。

それで木下伍長は、満蒙開拓義勇軍にいて、満語を学んだことを話した。

部隊長は、満蒙開拓義勇軍のことも知っているらしく、しきりにうなずいていた。そうして、

「われわれは、日本軍が戦いをしかけてくるので戦うのであって、日本人が憎いわけではない。あなた方の生命は保証するから、安心して休養していなさい」

と、いたわってくれる。取り調べは、それで終わった。

この取り調べの時、秋元一等兵も傍らにいた。木下伍長と違って、終始、不安げに席にいるのが、木下伍長にはよくわかった。無理もないと思う。そのかわり、田は、その場をよく助けてくれている。通訳してくれる時も、日本軍側の気持になって話してくれている。田は、北京から帰ってきた木下伍長と、四ヵ月つきあっているだけだが、よく気ごころが通じてい

る。田は炊事場の苦力だが、炊事場は経理室とは関係が深い。

木下伍長は、その夜は、よく眠れた。

夜が明け、昼になったが、この日は呼ばれない。もう取り調べはないのかもしれない。三人がどうなるのかは、今のところわからない。少々は気がかりである。秋元一等兵にとっては、夜も眠れぬくらい不安だったのだろう。

「班長殿、隙をみて逃げましょう」

と、声をひそめて、せがむように、いう。

「お前、一週間も歩き廻ってみつけることのできなかった日本軍を、ここから逃げ出してみつける自信があるのか。逃げても、別な部隊に捕まって、今度は殺されるかもしれない。おれと一緒にいるのがいい」

と、木下伍長は、いいきかせた。

いま捕らわれているこの部隊は、少なくも八路軍ではない。蔣介石の国民政府軍か、南京政府軍か。態度の親切さは南京政府軍のようだが、南京政府軍なら日本軍側である。

夕方近くになって、やっと呼び出された。

苦力の田は、捕らえられてからは、木下伍長らとは、寝るところも別になっている。田は、中国側の連絡係と、木下伍長の当番を兼ねている。

この日の取り調べは、木下伍長ひとりで来るように、と、田は伝えた。

動揺の大きい秋元ひとりを残すのは心配だったが、歩哨も出ているのだし、逃げ出しもすまい、と思って、ひとりで出かける。集落の中央の民家に、部隊長の居室があった。

部隊長室には、陳隊長と、それに副官、また田も同席した。

陸部隊長は、木下伍長を寛《くつろ》がせてから、こういった。

「私はこの部隊の責任者で決定権を持っている。今まであなたの話をきき、かつ態度をみていて、たいへん尊敬した。どうだろう、このまま、この部隊にとどまって、同志となってくれないか。待遇は将校とし、一緒の兵は下士官として、貴下の部下とする。将来、昇進の道もある。あなたは中国語も相当できるし、しばらくすれば言葉に不自由することもなくなるだろう。もともと、骨を埋めるつもりで満州に渡った人だろう。ここは満州ではないが、同じ大陸だ。中国のため、アジアのため、一緒に活躍しようではないか」

木下伍長は、陸部隊長の真意を知った時、内心、ひどく驚いている。秋元を残して、ひとりで来い、といわれた時、なにか企みがあるのでは？——と思いはしたが、話は思いもよらぬ方向に、好転している。しかし、困った好転でもある。田は傍《かたわ》らから、

「それがいいですよ、木下大人。この部隊長は信用できる立派な人です」

と、いう。木下伍長は、動揺して、すすめられている菓子にもタバコにも手が出なかった。しかし、返事はしなければならない。

「考えさせてください」

と、しばらくののちに、いった。即答できるわけがなかった。

大下伍長は部屋へもどると、いろいろな思いに悩んだ。木下伍長は那須の出身である。満

州の北安に開拓団として、両親や兄たちが入植している。縁辺の人たちのことを思い、東京で親しかった女友達、小学校の同級生、先生の顔、作戦中の上官や親友たちはいまどこにいるのか。あれこれと思いめぐらすが、いま自分がどうすればよいのかの結論は出てこない。ただ、陸部隊長については、立派な人だ、と認める。そうして、家族も満州にいるのだし、自分も中国軍に身を投じる、とすれば、これも運命か。しかし、秋元はどう思うだろうか。

夜になって、木下伍長が、表へ出て、満天の星をみながら思案していると、そこへ、副官と田が、様子をみにきた。気持がきまったかどうかを、ききに来たのだ。

「部隊長のお言葉は、たいへんありがたいのですが、どうにも決心がつきません。明日まで待ってください」

と、答えるよりほかはなかった。

3

その夜は、思い悩みながらも、疲れて眠ってしまったが、つぎの朝は、日の出とともに目が覚めた。なにかしら、不安な予感がしたからである。

起きてみると、隣に寝ている秋元の姿がなかった。「隊長殿、逃げましょう」といった秋元の、おびえた表情が脳裏を掠《かす》める。

「秋元、秋元、秋元」

と、表に飛び出すなり、秋元の名を呼びつづけて、あたりをさがした。寄ってくる中国兵たちに、

「秋元一等兵を殺したのではないか」

と、つい、口に出して、あたりの中国兵を見回した。陳隊長と田も出てきた。

「われわれが、あなた方にアダをするようなことは絶対にない。手を尽くしてさがしてあげます」

と、陳隊長はいってくれる。

直ちに捜索隊が編成され、出発した。

捜索隊は、一日中さがし廻ってくれたが、秋元一等兵はみつからなかった。

「明日、また、捜索します」

と、陳隊長は、残念そうにいった。

つぎの日、陸部隊長に呼ばれた時、木下伍長には、どう返事するかの決心はできていた。自分の信念に従うしかない。木下伍長は、陸部隊長に向いて、はっきりといった。

「お言葉はありがたく、心から感謝します。しかし、自分は、天皇陛下の防人《さきもり》として召されてきたのである。祖国のために尽くしたい。まして、部下を失って、ひとり貴下の部隊にとどまることは、死んでもできません」

「曖呀《アイヤ》、日本人《リーベンレン》」

と、陸部隊長は、短く叫んで絶句する。一人になったのだから残ってくれるだろう、と、

期待していたからだろうか。また、日本兵らしい潔い決意に、感じ入ってくれたからだろうか。

「それでは、あなたは、これからどうするのか」

と、陸部隊長は、きく。

「日本軍にもどりたいです。無事にもどれるとは思いませんが、立派な日本兵として最後を飾りたいのです」

木下伍長は、そういったあと、自分の拳銃と秋元の小銃を返してほしい、と申し出ている。いままでは、木下伍長の軍刀、秋元一等兵の帯剣の所持は、認めてもらっていた。

「あなたの気持はわかった。しかし、ひとりでここを出ては危険である。日本軍に連絡をとってあげるから、しばらく、ここにいなさい」

と、いわれ、木下伍長は、図嚢の中から通信紙をとり出して、作戦中、敵と遭遇し、迷ったこと、日本軍に好意を持つ中国軍に救われ、保護されていること、この中国軍を攻撃しないように、といった事情を記し、何枚かの同文のものを用意して、中国軍に渡した。あとは、中国軍側の密偵が連絡してくれるのである。桐第四二七二部隊本部経理室木下伍長と、所属も明確に認《したた》めてある。

これで、木下伍長の、為《な》すべき仕事は終わった。木下伍長は、集落内を気楽に歩きまわり、時には中国兵の教練の指導を手伝ってやり、中国兵との交流を深めた。

この間、木下伍長は、陸部隊長が、いかに部下に慕われているかを、身をもって知った。

兵士たちは部隊長のことを、

——天から選ばれた人だ。

といって、絶対的な信頼をしている。

（たしかに、人品識見、これこそ真の指導者だ。中国軍にも、こんな立派な人がいるのだ。この人と会えて光栄だった）

と、木下伍長も、心からそう思っている。

数日後、木下伍長のために、宴会がひらかれた。陸部隊長をはじめ、中国軍の幹部たちが顔を揃えた。木下伍長は、陸部隊長の脇にすわらせられる。田もよばれている。

陸部隊長は、つぎのような挨拶をした。

「今夕は、縁あって、起居を共にした貴官への送別の宴です。明日、貴官の部隊から迎えが来ます。今宵はわれわれとともに、ゆっくりとたのしんでください」

木下伍長は、思わず胸が熱くなった。

感動をこめた声で、

「お礼の申しあげようもありません」

と、深く頭を下げる。

「なお、貴官の部下も、無事に帰隊されているようです。たいへん喜ばしいことです。では乾杯しましょう」

そうして、互いに杯を乾《ほ》す。木下伍長は秋元が隊に戻っていると知り、ともかく安心した。

木下伍長は、田の処遇について聞いてみた。

「田もあなたと一緒に帰します。家族のことも心配だし、帰りたいといっています。しかし、いずれこの部隊に来るそうです」

木下伍長は、さらにほっとする。

翌日の昼前に、情報室の安岡中尉が、三十騎ほどの騎馬隊を率いて、出迎えに来た。木下伍長は、陸部隊長に、鄭重に礼を述べて、用意されてきた馬に乗る。田は支那馬に乗せられる。安岡中尉は、中国軍と別れる時、

「部隊長閣下に対して敬礼、頭ァ中」

と号令し、投げ刀の敬礼をする。

陸部隊長も、たのしげな表情で答礼する。

約半月の滞留であったが、木下伍長にとっては、生涯忘れられぬ体験となった。秋元は、道ばたで倒れているのを、日本軍に救われている。秋元は「木下班長殿は敵に殺され、自分はやっと逃げて来ました」といったそうだが、その嘘がバレて叱られている。

大隊長は、木下伍長に、

「よい体験をしたな。田辺主計が、だれよりも喜んでいる。あれは保安隊でなく、正規の重慶軍だ。立派な部隊長がいるものだな。わしも見習わなければな」

と、いった。

中隊本部《ちゆうたいほんぶ》の風景《ふうけい》

1

軍隊の事務的な仕事というのは、地方（民間）の会社に劣らぬくらい、秩序よく出来ている。戦場に出ても、基本のところは内地の兵営と同じだが、戦闘に加わるので、功績業務は煩雑《はんざつ》になる。

功績業務だが、前線で健闘している兵士たちも、中隊の駐留地へ帰隊すると、本部事務室所属の功績係下士官が、作戦間の功績を功績簿に記入し、中隊長の検閲を受け、その功績は上層部へ廻される。功績顕著の者は、それによって、表彰を受けることになる。その第一等は金鵄《きんし》勲章の授与だが、こうした功績の上中と、それによる顕彰は、昭和十五年で一応停止している。戦域が拡大し、兵数が増大し、功績事務の処理が、むつかしくなったのではないだろうか。因《ちな》みに、金鵄勲章だけは、殊勲甲の功績がなければ、授与されなかった。戦死者は別として、存命で金鵄勲章をもらうには、よほどの功績を必要とした。功績は、殊勲甲の下に殊勲乙、さらに勲功、功労など、いろいろな階級があった。面白いのは、功績は五十人中の二位よりも、五人中の一位のほうが、有利なことである。つまり、第一位が優遇される。

功績に限らず、経理関係では、たとえば駐屯地が敗戦で崩壊して、山中を逃げ廻る時でも、俸給担当者は、書類と金櫃《きんき》を持ち歩いている。金櫃には、兵隊に支給すべき金銭が入っている。戦争の勝敗には関係なく、可能の限り任務は遂行するのである。ノモンハン事件のとき、戦場へ向かう行軍中の兵隊に、俸給が渡されたりしている。砂漠と草原しかない死地へ向かうにしても、払うべきものは払う、というのが軍隊のしきたりなのだ。

軍隊事務について、ここでは、中国山東省の独立混成第五旅団（桐兵団）の、独立歩兵第十六大隊、第三中隊の、事務室の事情について触れてみたい。

昭和十六年の四月に、膠済《こうさい》線（済南＝青島《チンタオ》）の沿線の坊子《ぼうし》の大隊本部兵舎で、一期の教育を終了した初年兵たちは、休む間もなく最初の討伐戦に出動している。昌邑《しょうゆう》県三合山付近の戦闘で、はじめて敵弾の洗礼を受け、戦闘と行軍のきびしさを、骨身にしみて教えられた。中共八路軍相手の実戦体験である。初年兵は、その後、第一中隊は濰《い》県《けん》、第二中隊は昌楽、第四中隊は昌邑へ赴き、配属された。この物語の主人公になる関谷兵長の所属する第三中隊の者たちは、安邱《あんきゆう》へ赴いている。

安邱は、大隊本部のある坊子から南へ二十キロ、十メートル近い城壁を持つ県城だった。城内は、土塀をめぐらした民家群と、わずかばかりの商舗のある一郭のほかは、驢馬《ろば》と犬の鳴き声しかきこえない、黄砂の吹きまくる殺風景な町である。

関谷初年兵は、第一補充で、甲種合格の兵隊には体力的に劣ったが、しかし、軍務は優秀で、一選抜で進級を重ねて、昭和十七年四月には兵長に進級する。中隊事務室へは、上等兵の時から、勤務を命ぜられている。関谷兵長が、部隊で特に注目されたのは、異数の脚力の持ち主だったからである。いかなる強行軍にも耐えられる脚力を備えていた。

関谷兵長は、事務室勤務になって知ったことだが、討伐隊の出る時は、出動人員の編成表をつくる。これは関谷兵長の仕事だった。この、編成表つくりの時に、隊内の古兵たちから神経痛、下痢、足痛などで、討伐参加はむつかしく、免除してくれ、という申し出がある。

その場合、人事担当の浦准尉に意見をきくと、

「弾丸がこわくて残りたい奴らを、連れてっても足手まといになるだけよ。衛兵や厩番《うまやばん》でもさせとけ」

などと、てきぱきという。兵隊上がりだから、兵隊の扱いをよく知っているのだ。

「准尉殿、二小隊三分隊の分隊長が足りません」

と、関谷兵長がきくと、

「擲弾筒の射手は三年兵がいるから心配要《い》らん。小銃か重機の兵長を持って来い」

と、即決する。

「衛生兵二名はどうしますか」

「古いのは指揮班、もう一人は鉄砲持たせて分隊に入れろ」

といったふうで、指揮班、第一小隊、第二小隊、重機分隊等の編成表ができ、編成表は各小隊長、分隊長に渡され、帰隊後、戦死、負傷者は別として、序列がつけられ、功績簿に記入される。行軍中の落伍者は、全編成人員の中の最下位となる。これはさきざきの進級等には、甚《はなは》だ差《さ》し支《つか》える成績となる。

討伐隊は、城門を一歩出れば、一ヵ月、時にはそれ以上も、討匪の旅をつづける。終わると、下着は虱《しらみ》だらけ、足は豆だらけで、帰隊することになる。

関谷兵長は、中隊では、最右翼の成績だったが、これは、軍事の諸芸に熟達していたためもあるが、なによりも、その脚力が秀れていたからである。大隊本部の体力増強のマラソン大会でも、ひとりだけ、とびぬけて速く走った。

2

関谷兵長は、戦場に出てから、自分の入隊以前の生活の苦労によって鍛えられた脚力が、いかに役立っているかを、つねに思いみることになった。関谷兵長は、東京で苦学しているとき、牛乳配達をしていた。朝は四時起き、真四角の箱型の車に百本ほどの牛乳瓶を積み、明け方から町なかへ車を曳き出す。雨の日も雪の日も、車を曳いて歩き廻り、七時過ぎに終わる。

店には、十人ほどの、配達夫が寝起きしていた。みな三十前後の流れ者で、気に入らぬことがあるとプイといなくなってしまう。だれもが花札賭博に耽《ふけ》っている。関谷兵長のほかに苦学生が一人いたが、流れ者の中にも人情家がいて、

「あんたら、大変だなァ。よう勉強して俺たちみたいにならんでや。腹減っとるやろ。これ食べてくれ」

といって、折り折りに、紙袋に包んだ焼芋を差し入れてくれたりする。

昭和十五年のこのころ、東京は、紀元二千六百年を祝う祭典で賑わっていた。そうしたある日、いなかからの手紙に〝右現役ニ徴集シ左ノ通リ入営ヲ命ズ〟という「現役兵証書」が入っていた。入営先は宇都宮《うつのみや》の聯隊であった。

兵隊の世界では、社会人時代の知識も経験も、まったくといっていいほど役に立たないが、関谷兵長の場合、その力強い脚力だけはつねに助けとなった。

軍隊での、将校に対する三術といわれるものは馬術、剣術、戦術だが、兵隊の場合は銃剣術、射撃、行軍ということになる。しかも、このうちの最重要なものは行軍である。いくら銃剣術や射撃の成績がよくても、脚力が弱くては駄目で、一度でも行軍で落ちてしまうと、弱兵のレッテルを貼られてしまう。この点、関谷兵長は、いつの討伐行や作戦に参加しても、つねに元気に隊中で活動した。

元気な兵隊には、上級者も命令を出しやすいのだろう。一作戦を終えて帰隊したとき、関谷兵長は、人事係の浦准尉から、

「お前、酒保のほうもやってくれ」

と、いわれた。

酒保——は、大きな部隊の本部だと、准尉クラスの人が酒保委員として責任者となるが、中隊の駐屯地では、兵長でも充分つとまる。酒保は、内地でも戦地でも、兵隊の憩い場であることに変わりはない。ただ、山東省のはずれの中隊本部の酒保では、当然、規模は小さい。酒保は、事務室のすぐ裏手の建物で、一室に、品物を並べる棚と、形ばかりのカウンター、それに蓄音器があった。むろん、レコードも。それも「黒い瞳」とか「奥さま、お手をどうぞ」といった、敵性レコードが十数枚ある。ただ、関谷兵長としては、事務の仕事もやらねばならず、討伐、作戦には必ず参加、それに酒保の責任者としての仕事が加わるのである。骨は折れるが、お国のため、と思って精励する。

酒保品はタバコ、甘味品など、それに香港製のカリン糖や飴《あめ》などもあったが、これは、イギリスからの戦利品が廻されてきているのかもしれなかった。酒保は日曜日の午前中と、討伐や作戦から帰ったとき、臨時に開店することになっていた。

古年兵の中には、酒保の規定を無視して、夜間、酒やタバコを買いに来る者もある。軍隊は星の数より飯の数のたとえで、古参兵に粘られると、売らないわけにはいかなかった。

古年兵にかかわらず、酒保品の入荷したという情報が出ると、まっ先に、中隊長の当番が飛んでくる。中隊長はじめ幹部の会食用といわれれば、抵抗できず、ビール、酒、缶詰などを、ごっそりと持っていかれる。

こうしたある日、浦准尉が、

「中隊長からだが、県公署の木村顧問にも酒保品をわけてやってほしい、といわれている。頼むぞ」

　と、いわれた。

兵隊にだって、充分にはゆきわたらない品を、なんで地方人にまでわけてやらねばならないのか、と、関谷兵長は思う。仕方がない。使いが来たら、売れ残りを押しつけてやることにしよう、と、観念する。

　つぎの日が日曜日で、昼ごろ、関谷兵長は、酒保にあるレコードの中から「セントルイスブルース」をかけた。若い心を甘くゆすぶる名曲だ。それに聞き惚《ほ》れながら片付けものをしていると、いきなり酒保内に飛び込んできた峯山――という軍曹が、関谷兵長を睨みつけ、

「なんだ、このレコードは。たるんどるぞ、貴様ァ」

　というなり、レコードをとりあげ、土間に叩きつけて踏みにじり、顔色を変えて怒っている。

　関谷兵長は、仕方なく、詫びて、峯山軍曹を帰したが、ともかくこれですんだのは、関谷兵長が事務室勤務なので、遠慮もあったのだろう。しかし、峯山軍曹は、酒保を去る時、

「このままではすまんぞ」

　と、捨てゼリフを残している。

　どういわれても、敵性音楽に聞き惚れていた自分が悪い、日米戦のさなかであるし――と素直に反省して、踏み砕かれたレコードを片付けていると、その時、衛兵に案内されて、一

人の婦人が入ってきた。籠を提げた小孩《ショウハイ》を連れている。関谷兵長は、その婦人をみて、まるで天女が舞い降りてきたのかと思った。この安邱には日本人は四人しかいない。食堂安楽屋の夫婦と、県公署顧問の木村夫妻だけである。婦人は三十過ぎか、楚々《そそ》とした物腰で、

「県公署の木村の家内でございます。このたびはご無理を申しあげまして」

と、ふかぶかと頭を下げる。

木村夫人ひとりを迎えて、酒保の内部に輝きが満ちる。まぶしい。なんという美人だ。関谷兵長は、木村顧問その人は、二、三度みた。どう考えても醜男《ぶおとこ》なのだ。あんな男になぜこんな美人が？――と、思わず首をかしげさせられたが、ともかく、身体がしびれるような思いだ。

「木村顧問殿のことは伺《うかが》っております。ただいま、用意いたします」

と、関谷兵長はいい、売れ残りどころか、とっておきの羊羹や甘納豆、パイカンなどをあれこれととり出してやる。

木村夫人は、帰りがけに、関谷兵長に向けて、いかにも嬉しげな微笑をみせたが、その表情の美しさ。関谷兵長は、金縛りのようになって、答礼をする。

それから、半月ほどしての日曜日の昼近くに、前のように小孩を連れて、夫人がきた。和服に小豆色《あずき》のコート。この時は、兵隊が数人酒保にいたが、みな、ポカンと口をあけて、夫人をみまもる。びっくりしているのだ。兵隊たちが、びっくりしたままに、酒保を出てゆく

と、夫人は、

「あの、お酒の余分はないでしょうか」

と、いう。当然だが、声もなまめかしい。

酒は、一升瓶が四本あった。近く入荷もする。それで、一本を、夫人にわけた。

夫人は、礼をいってから、

「今日は、外出をなさいますか」

と、きく。安邱では、安楽屋で汁粉を食べるか、城壁の上の散歩をするか、ピイ屋の前で行列するかぐらいしか、たのしみはない。

しかし、夫人にいわれて、関谷兵長は、すぐに、

「はい。します」

と、返事をする。しないわけにはいかない。

夫人は、

「では、うちへ遊びにいらしてくださいませんか。今日は木村も留守ですし、なんのもてなしもできませんが、どうぞ」

と、いう。この招待の言葉を夢心地にきいて、関谷兵長は、訪問の返事をする。

外出は、午後からときめられている。外出者は週番下士官から、外出証と突撃一番を渡される。「軍隊小唄」に「週に一度の外出も、週番士官の注意では、大酒飲むな、乱暴するな、左側通行怠るな、なるたけ女に近寄るな」とあるが、これは内地の大きな町のことで、安邱

て外出する。

では、町の通りでは、犬にもぶつからない。

「関谷よ、一緒に出るか」

と、同年兵が誘いにきたが、関屋兵長は、用を片付けてから出る、といって、一時間遅れて外出する。

営門を出ると、北門から東門へ通じる一本道。商舗は東門の外に少々あるきりだが、外出禁止になっていた。初年兵のころ、商舗から南京豆や餃子《ギョーザ》を買うには、城壁の上の槐《えんじゅ》の木に綱のついている竹籠に小銭を入れて外へ下ろすと、下に中国人の子供がいて、籠に品物を入れてくれる。籠を引き上げて、それを食べる。そんなたのしみがあった。

この当時、兵隊の俸給は、二等兵、一等兵は年次にかかわりなく五円五十銭、上等兵六円四十銭、兵長七円、伍長二等級九円、一等級九円五十銭、軍曹四等級十三円五十銭、三等級十五円、二等級十八円、一等級二十二円五十銭、曹長二等級三十円、一等級六十七円、准尉二等級九百円、一等級九百六十円となっている。

衣食住つきにしても、兵隊の給料はほんとに安い。五円五十銭の中から二円は貯金させられ、残る金で大隊本部のある坊子に行って遊ぶと、二円はとられるから、残りはわずか。古参兵は小遣銭稼ぎに、討伐間、無断徴発の驢馬を売ったり、戦闘間の戦利品のモーゼル拳銃などを売り捌《さば》いたりしている者もある。

ところで、関谷兵長は、この日は、木村顧問の家には寄らなかった。

県公署は、構えの大きい建物である。顧問は北支方面軍特務機関から派遣されている。

関谷兵長は、県公署の門前で、木村夫人には全身のしびれる思いで惹《ひ》かれたが、結局、その家には寄らなかった。やはり、節度を守りたかったのである。

3

比較的、平穏な日常のつづいていた安邱で、ふいに一つの事件が起きたのは、兵隊たちの休日のときの憩み場所安楽屋に、日中、賊が押し入り、主人が殺され、金銭が奪われたことである。

関谷兵長は、この時、衛兵司令をつとめていたが、安楽屋の妻女が泣き叫んで訴えて来たので、直ちに日直士官に報告させ、非常呼集をかけた。白石曹長の指揮する一隊が、現場へ急行したが、犯人はすでに逃走していて、主人の惨殺死体だけが残されていた。犯人は厳密な非常呼集の網をくぐって逃げ、結局つかまらなかった。のちに、安楽屋の主人は農民に高利で金を貸していて、恨みを買ったのだ、という噂がひろがった。

残された妻女のほうは、安邱をすてて、坊子へ移ったらしかった。坊子は、ずっと日本人が多いからである。おかげで、安邱には、日本人は、県公署顧問の、木村夫妻だけになってしまった。

関谷兵長は、行くといっていて行かなかった、県公署の木村夫人のことが気になっていて、今度酒保に来たら、できるだけのことを、と考えていたが、それの果たせぬうちに、昌邑県斐荘《はいそう》付近の大隊討伐がはじまった。昌邑は安邱の北方にある。この討伐戦にも、関谷兵長は編成に加わっている。

討伐隊は急行して、夜明け前に、斐荘城を囲み、一、二、四中隊が包囲の線につき、大隊砲一発を撃ち込むと同時に、攻撃を開始している。関谷兵長の所属する第三中隊は、斐荘の南半キロの線に兵力を置き、敵の退路を遮断するのが任務となった。

包囲戦の時には、必ず一方を空けておく。全部しめ切ると、死物狂いに反撃してきて、犠牲を多く生じるからである。第三中隊は、重機を中心に据え、暗いうちに横一線に散開していた。高粱《こうりやん》畑に身をひそめている。

敵は、高い城壁に拠って、根強い抵抗をする。彼我の銃砲声、手榴弾の炸裂音がかまびすしい。夜っぴて行軍してきたので、空腹がひどい。夜明けとともに戦闘がはじまり、陽が高くのぼった。空腹も増す。背負袋から乾パンをとり出して食べたいが、味方が戦闘中だから、それもできない。

彼我の銃砲声は、二時間、三時間、四時間とつづいたが、やまない。いつ、状況の変化があるかもしれず、第三中隊も、緊張のままに、戦況をみまもる。

やがて、戦況に動きが生じた。味方が、遂に、城壁内の一角に突入したのである。喊声《かんせい》がきこえる。と、みるまに、城壁上に敵兵が、ずらりと並び、かれらは、水の流れ落ちるように、城壁からすべり落ちはじめた。敗走を開始したのである。それが、あとからあとからつづく。

城外へ出た敵兵たちは、黒い集団となって、敗走を開始した。その集団は、待ち構える第三中隊の正面に、泥流のように寄ってくる。

第三中隊は、敗走してくる敵の集団に向かって、五百、三百と迫るのを待ち、距離二百を待って、中隊長の、

「討てえーっ」

という、号令一下、重機、軽機、小銃がいっせいに火を噴いた。敵兵は面白いように倒れる。逃げる敵は、逆走しようとしてぶつかり合ったり、大混乱を生じていたが、それでも正面を突破しようとする一団は、遮二無二、第三中隊の布陣している位置へ迫ってくる。

「着け剣」

の、号令がかかる。必死に突っ込んでくる敵とは、白兵戦になる。

関谷兵長のすぐ横で、善戦していた重機の射手が倒れた。その時、中隊長の、

「突撃ィ」

と、突撃命令が出る。

中隊長の高嶋中尉は、ナポレオンというアダナがついている。支那馬に乗るのが好きで、その恰好から、兵隊が、ユーモラスに連想したのである。副官の鈴木中尉には、サソリという名がついたが、むろん嫌われていたからである。

突撃命令と同時に、中隊は敵兵に向けて突き進んだが、敵はもともと敗走をはじめた時から戦意を失っているので、銃をすて、両手を挙げて降伏している。

4

戦いのあと、関谷兵長は、笹沼上等兵と連れ立って、敵兵の死体の間を縫って歩いたとき、一死体の側に図嚢のころがっているのをみつけて、拾い上げた。主計の将校のものと思われた。中身を調べると、紙幣がびっしりと詰まっていた。

紙幣——といっても法幣（老票）である。重慶政府発行のもので、民間では通用する。日本軍の軍票は儲備《ちょび》券（中国儲備銀行券）で、汪兆銘《おうちょうめい》政府が発行している。

「この金、どうするかな」

「内緒でもらっておこう。拾得物だ。兵器ではないし」

と、関谷兵長は、笹沼上等兵と相談して持ち帰り、事務室の棚の奥に隠した。関谷兵長としては、以前、討伐戦で腕時計をこわしたので、代わりを買いたかった。笹沼のも合わせて、腕時計二個くらいは買えそうである。

ところが、討伐から帰った翌日、古参兵の浅原が、

「お前ら、帰りに、ええ拾いもんしたそうじゃな。ネコババするつもりか」

と、怖《こわ》い顔をして、問いただした。いつのまにか、噂を地獄耳に聞き込んでいたのだろう。関谷兵長は、面倒なので、図嚢ごと渡した。縁起でもない金を身につけても、と思ったからである。事務室勤務の優秀な兵隊が敵の金を着服した、などと吹聴されなくてよかった、と、

思ったものである。

功績室には、三木という上等兵がいたが、この兵隊は身上書に「要思想注意」と赤字で記入してある。優秀なのだが、危険思想の持ち主ということで、功績室に勤務させ、准尉が監視するのである。むろん、幹候の受験もできず、上等兵以上には出世できない。まわりのだれとも、ほとんど口をきかない兵隊だった。

炊事班も、事務室の管轄になる。内地の兵営では、炊事班長をやると家が建つ、といわれたが、これは、御用商人が絡《から》むので、余得がある、という意味だった。御用商人にとっては、軍隊くらい、いいお顧客《とくい》はいないはずだった。品物にケチがつかない。兵隊は戦場生活に備えて、まずい食事に馴れさせねばならぬ、という考え方があった。ただし、将校は特別食、下士官以上には、少々特別菜もついたし、私物の菜も使えた。

安邱《あんきゆう》の炊事係で、関谷兵長より年次の古い川口兵長は、仕事は苦力《クーリー》に任せて、自分は毎朝のんびり寝ていた。怠け者だったが、しかし兵隊をいじめなかった。

中隊で最古参の四年兵の鈴村一等兵は、炊事勤務になった時、軍用品を横流しして、中国人慰安婦に入れ揚げた。玄宗皇帝の寵愛を受けたのは楊貴妃《ようきひ》だが、安邱にも楊貴《ヤンクイ》と呼ばれる美女がいた。楊貴に迷わせられた鈴村一等兵は、結局、悪事発覚して、重営倉入りとなった。兵の処罰は降等、重営倉、軽営倉だが、鈴村は降等にはならなかった。一等兵より下にはならないからである。ただし、軍法会議で処断されると二等兵にまで降等させられる。鈴村は、まもなく、他隊に転属させられたが、四年兵で転属というのも、かなりきつい処罰である。

関谷兵長は、事務室で人事の助手もつとめるので、隊内の事情には明るくなった。教育係として仕事に熱心な上等兵もいれば、年じゅう週番腕章を離さず、討伐は討伐要員に任《まか》せて、自分は、隊内の世話係に任じている者もいる。いわば留守居役として役に立つので、討伐の時は、自然に編成表から外されることになる。

古年次兵が満期除隊してしまうと、隊内は、ひっそりとした。これは、古年次兵たちの存在感が大きかったからである。戦力については、有無をいわさぬ、力強さがあったからである。

古年次兵たちが除隊した直後に、昌邑《しょうゆう》北方の三合山付近の討伐戦がはじまった。この三合山付近は、集落から集落へ、八路軍が網の目のように壕を張りめぐらしている。攻めにくく、かつ、ゲリラ戦法にかかりやすく、その都度、犠牲者が出る。しかも、苦労して敵を駆逐しても、数ヵ月も経たぬうちに、また集まって、政治工作をはじめる。関谷兵長が事務室勤務についてからも、何度か、三合山付近掃蕩戦の編成表はつくられている。

三合山付近の敵は、八路軍の王尚志という男で、大隊でも、手古摺《てこず》っている相手だった。連絡用のトラックの爆破も、しばしば行なわれ、そのたびに救援も出さねばならない。三合山討伐のとき、関谷兵長は、たまたま、逃げ遅れて壕の隅で、小銃を抱えてすくんでいる、十四、五の少年兵をみつけたことがある。一瞬、処置に迷ったが、小銃だけは取りあげて、逃がした。

（あんな子供まで、戦争に出てくるのか）

と、考えさせられてしまっている。まだ、遊びざかりの年ごろなのに。

この討伐戦を終えて帰隊し、酒保を開いたつぎの日曜日に、木村夫人がやってきた。しばらくぶりである。関谷兵長は、

「この前は、仲間が一緒でしたので、伺《うかが》えませんでした」

と、いいわけをして、詫びている。

木村夫人は、

「実はお願いがあって参ったのですが」

と、前置きをして、

「先日、番犬のセパードに仔犬が生まれました。その仔犬の牝の一頭を、もらってはいただけないでしょうか」

と、いう。

隊内で、犬を飼っていいものだろうか、と、関谷兵長は考える。相談すれば、中隊長や准尉は反対するだろう。といって、この木村夫人の申し出を、ことわりもできない。

(叱られたら、自分が責任をとろう)

と、関谷兵長は覚悟をきめ、

「飼わせていただきます」

というと、その日の午後さっそく、セパードの仔が届いた。木村夫人が例の小孩《シヨウハイ》に仔犬を持たせてきている。仔犬は、実に可愛い。木村夫人も、仔犬をもらってもらえて、嬉しげに

挨拶して帰ってゆく。

仔犬のセパードは、殺風景な隊内で、たちまち人気を集めた。犬の名前は、平凡に「タロー」とつけた。隊内では、だれもが「タロー」「タロー」と呼んで可愛がり、当然、准尉や中隊長にも知れたが、別に咎《とが》められもしなかった。タローは営内を走りまわる。タローは、自分の保護者が関谷兵長であることはよく承知していて、敬意を表した眼つきをするし、親しみ方も違う。

ただ、困るのは、朝の点呼のとき、日直士官の訓示が長いと、関谷兵長の足もとにおとなしくすわっているタローが、次第に退屈してきて、軍袴の紐をくわえて引っ張ったり、靴の踵に噛みついたりすることだった。早く遊んでほしいのである。

タローは、夜は不寝番にくっついて歩く。

タローは、中隊の一員となっている。

5

昭和十八年の六月に、十八夏太行作戦が発起され、関谷兵長らの中隊も、この作戦に参加することになった。この作戦は山西省南部の第三十五、第三十六師団が、劉進を軍長とする第二十七軍を掃蕩する作戦で、独混五旅には直接の影響はなかった。北方を牽制するために、引き出されたのかもしれない。この作戦は魯東《ろとう》、魯南といった地元での作戦と違って、はるばると遠征する。太行山脈は、山西、河北を縦断する大山脈で、海抜二千メートル級の山々が重畳とつづいている。一望の黄土の山岳地帯で、中国では黄土高原と呼んでいるが、山の砂漠である。

この作戦で、関谷兵長らの第三中隊は、変わった体験をした。行軍に行軍をつづけてくるうちに、糧秣の補給もないので、乾パンを食べ尽くすと、あとは山中に自生するニラでも食べるよりほかはなくなった。

そんなある日、嶺つづきの稜線に、一群の羊が移動してゆくのがみえた。五、六十頭はいる。隊中の見習士官が、

「羊だ。よき食糧ぞ。おれがつかまえてくる」

といって、駈け出した。

見習士官は、羊の群れに追いつくと、その中の一頭の頸《くび》を、軍刀の下げ緒で縛って曳いてきた。中隊は、凹地で、見習士官の曳いてくる食材を待っていた。羊は、見習士官に曳かれて、中隊の位置まで来たが、驚いたことに、うしろにほかの羊もみなついてきた。羊たちは、あたりに群れて、メーメーと、しきりに鳴く。

すると、羊の群れのうしろから、骨休めでもしていたのだろうか、羊飼の中国人が、長い杖を持って、なにやらわめきながらやってきた。羊飼は、一枚の紙片をとり出して、応対に出た、中隊長に渡す。

中隊長は、その紙片を読み終わると、羊を曳いてきた見習士官や、まわりの部下たちに、

いい渡した。

「この羊たちは、わが旅団から、新郷《しんごう》地区の作戦部隊に送られるもので、旅団副官の角印を擦《お》した書類がついている。残念だが、羊飼に詫びて、羊は返さねばならん。われわれは、羊を護衛して来たのかもしれんな」

中隊長が、羊飼に「わかった」といって、会釈をして紙片を返すと、羊飼は、「どうだ」といわんばかりの態度で、羊の群れを連れてゆく。その羊の列が、稜線を越えはじめた時、兵隊二名が羊の列を追い、最後尾の二頭に飛びかかると、手拭で口を縛り、物陰へ引っ張り込み、巧みに捕らえた。眼の前にいる食材を、みすみす見送れなかったのだ。

その夜は、太行山脈の月あかりの下で、二頭の羊を料理して、中隊の豪華な（といっても調味料なしの）バーベキュウがはじまった。ともかく、兵隊たちは、羊の肉で、英気を回復している。

この、十八夏太行作戦は、山中の彷徨をつづけ、そのうち糧秣の補給は受けたが、いくら歩きめぐっても、敵との遭遇はなく、各自携行していた百六十発の小銃弾は、一発も用いずに終了してしまった。

6

この作戦を終えて、帰隊してまもなくに、関谷兵長は伍長に任官した。

任官してまもなくに、関谷伍長は、今度は擲弾筒分隊の分隊長として、安邱周辺の索敵掃蕩行に参加した。警備地を歩き廻る。情報を得てからの出動では、敵に逃げられる場合が多いが、索敵行は、折り折り、敵の行動を事前に把握して叩くことができる。

しかし、この時の討匪行は、歩き廻っただけで、敵との遭遇はなかったが、関谷伍長は、帰隊と同時に、坊子の病院に入院した。負傷ではなく、無理を重ねてきた結果の、痔疾の悪化のためである。痛みのため、歩行も不能になった。

入院は、一ヵ月に及んだ。

入院中は、軍務精励の疲れも出て、毎日が夢のように過ぎたが、昭和十八年が終わり、十九年が明けると、また元気を回復して、安邱の中隊へもどってきた。

華北交通のバスに揺られて、中隊へもどってくる間、関谷伍長は、

(タローはどうしているかなア)

と、タローのことを考えた。中隊にいればいつも身近にいたタローである。入院間も、タローと別れていて、寂しかったのだ。帰隊して、尾を振って飛びついてくるタローを抱きあげてやる、そのことばかりを、バスの中で考えていたものだった。

帰隊して、中隊長以下に、退院の申告をし、下士官室へ入ると、初年兵五、六人が、

「班長殿、お帰りなさい、ご苦労さんでありました」

と、口々にいって、身のまわりの整理を手伝ってくれる。ただ、帰隊し、申告し、この下士官室へ来るまで、関谷伍長は、タローをみなかった。どこにいるのか。タローともっとも

いたのだ。

と、きく。八下田一等兵は衛兵勤務に出るので、軍装を整えたまま、関谷伍長の室に来て

「タローは元気だろうな」

仲の良かった八下田一等兵が傍らに来ているので、

八下田一等兵は、タローのことをきかれ、なにやらいいにくそうに口ごもっていたが、心をきめたのか、

「申し訳ありません。タローは実は、峯山班長殿に、望楼の上から投げ落とされて、死んでしまいました」

という。

関谷伍長は、仰天して、声も出ない。

峯山軍曹は、かつて、酒保で、レコードを叩き割った軍曹である。

(なんというむごいことをする奴だ)

と、関谷伍長の胸は、悲しみと憤りにふるえる。たしかに、兵営内で犬を飼うことがいいことでなかったにしても、峯山は、中隊長や幹部が、犬を飼うことを黙認していることに、つねづね、腹を立てていたのだ。犬にかこつけて、私怨を晴らしたのだ。レコードを踏み砕いた時の、捨てゼリフを思い出す。

(おれの入院中を狙ってやるとは、何という卑劣な奴だ)

と、関谷伍長の怒りはおさまらないが、相手は、まもなく曹長になる古参の下士官である。

争いようはない。

関谷伍長は、酒保係のことも聞きたかった。

八下田は、

「いま酒保は、渡辺班長殿が責任者です。顧問の奥さんは、もう見えません」

と、いう。

下士官室は二名が住むが、もう一人の斎藤伍長は、目下、高崖分遣隊にいる、という。酒保の渡辺班長というのは、乙幹の軍曹である。

タローも死に、酒保係もやめ、事務室とも別れることになろう。浦准尉は、

「しばらく遊んでおれ」

と、いたわってくれたが、下士官一人が、ぶらぶらと遊んでいるわけにもいかない。十日ほどして、高崖分遣隊へ勤務せよ、という命令が出た。斎藤伍長と交代するのである。

中隊の分遣隊は、東に景芝鎮、南に都庄、西に高崖の三ヵ所ある。いまのところ状況が悪いという噂はない。しかし、高崖だと安邱を出てゆくことになる。

高崖へは、何度か行ったことがある。分遣隊は、城外の丘の上にある。下に汶《ぶん》河の流れがひろがり、周囲の自然環境も悪くない。

このごろの南方の戦況は、とくに悪化していて、南方への転出も多くなっている。部隊の改編もある。もはや、満期除隊などはのぞめない。山東半島の戦況も、どうなることかわからない。こんな非常時に、犬が死んだといって嘆いていられないが、しかし、タローのこと

はどうしても忘れられない。

高崖分遣隊へ出発する前日の夕方、関谷伍長は、厩《うまや》の裏にある望楼にのぼってみた。まるい三階建ての大きな望楼である。

あのタローは、軍服を着ていれば、みんな仲間だと思って、峯山軍曹が呼べばついて行ったのだ。尾を振りながら。そうして投げ落とされたのだ、と思いながら、望楼の中の暗い階段をのぼってゆく。悲しかった。

望楼の上は、まだ風は冷たかったが、どことなしに、春の気配は感じられた。

夕陽が、西の地平線に沈んで、果てしない茶色の土地に、夕暮れが迫りつつあった。北門から北へ延びる坊子への道路も、死んだように静かな街のたたずまいも、街を包む城壁も、薄暮の中にかすんでしまって、一際高い県公署の紫色の屋根瓦の天辺に、かすかに残照の名残りがみられる。つるべの軋《きし》るような、驢馬の鳴き声がきこえる。

(木村夫人に、ひとこと別れをいいたかったな)

と思うが、それもできない。せめて、電話でもと思ったが、夫人からタローのことをきかれたら、と思うと、返事のしようもない。

夫人も中国人ばかりの中では、タローも子供のようにかわいかったであろう。夫人は、タローの死を知って、軍隊の非情さを怨《うら》んで、中隊に顔を見せなくなったのだ。その気持が察しとれた。

眼の下に、兵舎の屋根や、営庭が、薄闇の中にみえる。元気に走り廻っていたタローの姿は、もうない。

関谷伍長は、胸にせめぎあげてくるものに耐えて、不覚に涙ぐんだ。

衛兵所の方向から「敬礼」、つづいて「服務中、異常ありません」という、衛兵司令の、巡察の日直士官に報告している声がきこえる。

関谷伍長は、望楼の上から、タローのために手を合わせてやり、階段を下りて行った。

関谷伍長が、高崖分遣隊に着任した時、それを待っていたように、周辺の事情が悪化した。八路軍の動きが、激しさを増してきたのである。

ここも、安邱同様、三階建ての丸い望楼がある。その上に立つと、高崖の町並みが一望に見渡せた。南には大安山の連なり、眼下には汶河の白く広い砂原、西は臨朐《りんくう》県の丘陵地帯、北はどこまでも麦の原。頭上には刻々に動く雲。

沂水《きすい》県城を六月に陥《お》とした八路軍は、余勢を駆って高崖県城に攻めてくる、という情報がしきりである。

攻められたら、どこまで支え切れるか。

いよいよの時は、暗号書を燃やし、無線機と擲弾筒はバラバラにして井戸に投げ込み、全員、玉砕覚悟で戦わねばならない、と、覚悟をきめる。

高崖へ向けて、八路が動きはじめた時、騎馬隊が救援に来てくれ、高崖分遣隊は無事に安邱に撤退している。この騎馬隊は、関谷伍長のもっとも信頼していた浦准尉を長として、各大隊より一コ分隊ずつ、下士官兵三十二名を集め、それに帰順した中国軍潘樹勲の部隊が加わり、全員、便衣を着用した。従って遠望すると、黒衣の大騎馬隊にみえ、八路も手を出さなかったのである。

この騎馬隊は、臨朐《りんくう》で編成されている。臨朐は、安邱よりも、ずっと高崖に近い。正式には臨朐警備隊と呼ばれた。

ただ、戦況の変化とともに、警備態勢も変わり、浦准尉の騎馬隊も、昭和二十年二月には解隊し、後任の隊に警備をゆずり、全員が、それぞれの大隊に復帰している。

関谷伍長は、高崖分遣隊に三ヵ月勤務し、そのあと坊子の大隊本部事務室に勤務、同時に膠済線の鉄道に警乗勤務し、さらに昭和二十年四月には、板垣副官の命令で、機密書類の印刷を請負っている。

この命令の大要は、部隊の改編、対米作戦のため大隊は青島《チンタオ》特別区大崂《たいろう》地区に移駐し、陣地構築に専念、米軍が青島湾に上陸すれば、青島市の居留民を収容して米軍を撃砕する、とある。つまり、青島湾を俯瞰する山岳地帯の陣地で、米軍との決戦を意図する、というものである。

この命令が下達されると同時に、大隊の青島地区への移動がはじまっている。

関谷伍長は、軍曹に進級して、青島に移動し、八月の終戦を迎える。

終戦後は、日本軍の兵器を取得したいとする八路軍との、新しい戦いがはじまる。終戦と同時に、臨朐の警備隊は、叛乱を起こした潘樹勲軍によって、全滅させられている。死体は裸にされ、立木に逆様に吊るされた、という不気味な情報を、関谷軍曹は、青島嶗山の陣地内で耳にしたのである。

初年兵《しょねんへい》の体験《たいけん》

1　草刈鎌

膠済《こうさい》線は、済南から青島《チンタオ》まで通う鉄道だが、青島寄りのところに坊子《ぼうし》という駅がある。ここに独立混成第五旅団第十六大隊の本部があり、周辺に分屯隊が出ていたが、昭和二十年になると、戦況の悪化のため、大隊本部では、米軍の上陸に備えて、青島方面に移動し、嶗《ろう》山湾を前にした嶗山山中に、洞穴陣地を構築しはじめている。第三中隊は、嶗山に本部を置き、周辺に少数ずつ分散して、それぞれ、洞窟づくりに励んでいた。

小林二等兵の所属していた分隊は、年次の古い上等兵を長として、山の中腹にある小学校を宿舎にして、洞窟づくりをしていた。作業は、兵隊だけでなく、近在の農夫が三十人ほど徴用されて、ともに働いていた。分隊員は上等兵以下八名しかいない。隊員たちは、作業用の道具を持参して、宿舎を出、山の陣地へ向かう。この間、宿舎には、留守番要員が二名残留する。

その日、正確には昭和二十年の七月五日だが、宿舎には、大久保上等兵と小林二等兵が残留していた。小林二等兵は、入隊後まだ五ヵ月しか経っていない初年兵である。大久保上等兵は、歴戦の、召集の上等兵で、小林二等兵より、はるかに先輩になる。従って、宿舎での仕事は、室内掃除、食器洗い、兵器手入れ、洗濯など、すべて小林二等兵の受け持ちである。

このあたりは、治安はよいので、作業に出る分隊員は、みな丸腰である。そのため、残されている兵器類も、すべて小林二等兵が手入れをしておかねばならない。

その日のことだが、宿舎で働く小林二等兵の仕事ぶりを、宿舎の表で、十四、五歳の小孩《シヨウハイ》（少年）がひとり、めずらしそうにみていた。近所の農家の子供だろう——と、小林二等兵は、その時はそう思い、別に気にもとめなかった。

ひと通り室内掃除を終え、小林二等兵は、しっかりとある洗濯物の洗濯にとりかかることになった。襦袢《じゆばん》、袴下《こした》、靴下、軍手などを敷布に包み込んだ大荷物をかついで、屋外へ出る。外は好天で陽ざしがまぶしい。この小学校は、周囲が土壁で、門が一ヵ所だけある。この門の前は、九水河と呼ばれる小川があって、清冽《せいれつ》な水が山から流れ出ている。嶗山から湧く水は生水のまま飲める。小川に並行して道がある。小川には丸木橋が架かってい、その丸木橋のほとりで、小林二等兵は洗濯をはじめた。

どのくらいの時間が経ったろう？

小林二等兵が、気配でふと小川の向こうをみると、向こうから黒い支那服を着た五、六人の現地人が、袖口と袖口を組んだふところ手の恰好で歩いてくるのがみえた。その集団は、突如、宿舎の方向へ向かって駈け出した。小林二等兵は、洗濯に気をとられていて、その集団に、特に警戒心を持たなかった。ただ、

（あの人たちは何をしに来たのだ？）

と、少し不審に思っただけである。

そう思った直後に、小林二等兵は、いきなり顔に平手打ちを喰ったような、激しい衝撃を受けた。大久保上等兵が、こちらの様子をみていて、怠《なま》けているとみて、殴りつけに来たのではないか、と思った。実に、ほんの一刹那のことである。

すると、銃声が、数発、つづけて起こった。

宿舎の方向である。小林二等兵が、立ち上がって走り出そうとすると、顔から何かがぶら下がっている。小林二等兵は、夢中でその、ぶら下がっているものを、抜きとった。それは、草刈鎌だった。向こうから走ってきた現地人のひとりが、投げつけたものである。それを顔に受けた。

小林二等兵は、宿舎が心配になり、門のところまで駈けもどって、中をのぞくと、少し向こうに、血みどろで大久保上等兵が倒れている。すると、中にいた黒服の男たちが、いっせいに小林二等兵に、拳銃を向けてきた。

（八路のゲリラだ。撃たれる）

と、とっさに、さとった。

小林二等兵は、門のかげに身をかくした。拳銃は向けられたが、発砲はされなかった。門のかげに身をかくしたまま、小林二等兵は、

(分隊長に報告しなければならない)

と思い、引き返して丸木橋を渡り、分隊の作業場へ向けて駈けはじめた。

足もとがふらついて、山への登りみちがうまく走れない。顔の出血もひどいようだ。ようやく、登りみちを、少しずつ進むと、行く手から白い服の人影が近づいてきた。村長である。

村長に近づくと、小林二等兵は、事情を話そうとしたが、口がきけなかった。口じゅうに血がたまっている。

村長は、銃声をきいて心配し、山道を駈け下りてきたのだが、小林二等兵の血みどろの顔をみて、すべてを察したのだろう、作業場のほうへ走ってゆく。

小林二等兵は、ほっとした。ほっとして、そのまま、意識が遠のいた。失神したのである。

小林二等兵が意識をとりもどしたのは、薄暗い部屋で、大久保上等兵は隣に、裸で寝かされている。分隊の宿舎の一室で、中隊の幹部たちも来ている。聞き覚えのある声もまじる。

(ああ、自分は生きている)

と、思った。

「小林、気がついたか？　ゲリラに狙われた。兵器はみな持ち去られた。大久保は気の毒なことをした」

という声は、高根沢曹長である。

高根沢曹長は、その日に手続きをしてくれ、小林二等兵は、青島の第六十五兵站《へいたん》病院に送られた。小林二等兵の傷病名は「左頸部刺傷骨折」だった。室内の兵器は、弾薬まで一切持ち去られた、と、高根沢曹長からきいている。

「それにしても、お前はよく撃たれなかったな。洗濯をしていて、初年兵とわかっていたんだ。子供が様子をみていた、といったな。あれはさぐりに来た八路の少年密偵さ。しかし、奴らは密偵報をよくきいていたから、お前は鎌を投げられただけですんだのだ。素手だし、無抵抗のことはわかっていた。お前には不幸中の幸いだったのだ。八路だが、日本が敗けるとみて、兵器取得の指示が出ているのかもしれんな。これから、きついことになるぞ」

小林二等兵は、入隊後五ヵ月の頭で、高根沢曹長のいった言葉を、病床で、何度もくり返し、思い出していた。

2　襟布と飯盒

第三中隊の須藤二等兵に、思いがけない災難が降りかかったのは、日曜日の午前中のことであった。

初年兵の日曜日は、班長や先輩の戦友の洗濯物の洗濯をしたり、被服の修理、兵器の手入れなども、怠りなくやらねばならない。結構、忙しい。戦友——というのは、隣り合わせの寝台で寝ている間柄の者をいう。

須藤二等兵が、この日、班長の洗濯を終えて、物干場《ぶつかんば》から班内へもどった時、班内は、いつもの殺気立った気配はなく、のんびりとした雰囲気に満ちていた。教育係上等兵の姿もなくて、故郷への便りを書いている者、車座になって談笑している者、だれもが和《なご》やかな休日の顔であった。

須藤二等兵は、右の物入れに、いま洗濯をしてきて干すのを忘れた襟布《えりふ》（襟の汚れを防ぐために襟にかける布。三角形の布を細く畳んで縫いつける）が、一枚入っているのに気がついた。その濡れた襟布を、何気なく、傍らの銃架の片隅にひろげて置いた。すぐに物干場に干しに行こうと思ったのに、同じ村の穂積二等兵に声をかけられ、つい話し込んでしまった。そのわずかな時間が、とんだ災難を産むことになったのである。

このとき、たまたま、擲弾筒班の教育助手永田上等兵が、廊下を通りかかった。永田上等兵は、小銃班の入口、右側の銃架に置いてある襟布を眼にするや、さっと手をのばすと、襟布を引ったくり、そのまま持って行ってしまった。瞬間のできごとである。須藤二等兵は青くなった。たかが襟布一枚といっても、初年兵にとっては、大事な員数の一つである。員数と要領——といわれる軍隊。員数でないものは越中褌くらいで、兵器はむろん、被服から装具一切、員数でないものはない。

須藤二等兵にしても、員数のきびしさは、入隊以来、いやというほど叩き込まれてきているし、眼の前で持って行かれては、青くなるのも無理はない。これを黙っているわけにはいなってしまった。

かないのだ。休日だというのに、永田上等兵の所業を思うと、気が滅入《めい》って、落ち着かなく

須藤二等兵は、昭和十八年一月に、水戸の東部三十七部隊に入隊し、現地で教育を受けるため、初年兵受領に来た高根沢曹長の指揮下に入り、水戸から下関、釜山へ渡って半島を北上し、はるばると山東省坊子の大隊本部へ着き、第三中隊の駐屯地安邱《あんきゅう》で教育を受けつつある。

須藤二等兵は、小銃班の初年兵では、もっともまじめで、成績も優秀だった。一期の検閲が終われば、一選抜で進級してゆく候補の中に入っている。それだけに、失敗はしたくない。頭の中には、どういう目に遭わされるか、そのことの不安ばかりが掠《かす》める。

かりに、員数を間に合わすだけなら、よその隊の物干場へ忍び込んで、襟布を一枚、差し繰《く》って（盗んで）くればよい。もっとも、みつかったら半殺しにされてしまうが、教育されつつある初年兵では、とてもそんな冒険はできない。それに、問題は、員数のことだけではないのだ。

昼近くなって、教育係助手の川崎上等兵と同年兵の野中一等兵が、班にもどってきた。

須藤二等兵は、川崎上等兵に、襟布の一件を、正直に報告した。人の好い川崎上等兵は、

「永田のいたずらだろう。あとで、あやまって返してもらえ」

といい、野中と一緒に、坊子へ外出してしまった。坊子には、邦人経営の食堂もあり、慰安所もある。外出は、午後からになっているので、古参兵はほとんど出てしまうのだ。

川崎上等兵が、よしおれがあとで話して貰《もら》い下げてやる、とでもいってくれるかと思ったのに、簡単にいいふくめられてしまい、須藤二等兵は落胆した。昼の食事も、まるで砂を噛むような味しかしなかった。

夕刻、古参兵たちが、外出先から帰ってきた。川崎上等兵は、初年兵たちに、靴を脱がせてもらい、巻脚絆をとってもらうと、そのまま大の字になって寝てしまった。酔って帰ってきたのだ。

須藤二等兵は、覚悟をきめて、擲弾筒班へ出向いて、永田上等兵の前に立ち、鄭重に詫びてから、襟布を返していただきたい、といって頭を下げた。永田上等兵も酔ってもどってきたのだ。彼は赤ら顔をさらに紅潮させて、

「貴様は、恐れ多くも、天皇陛下よりいただいた命より大事な小銃を置く銃架に、洗濯物を干すとは何事かァ」

と、どなりつけたあと、

「小銃班の初年兵はたるんどる。顔を洗って出直して来い」

というなり、猛烈なビンタの雨。

さんざんに痛めつけられたが、しかも、肝腎の襟布は返してもらえず、肩を落として、よろめくように班内へもどってきた須藤二等兵を、仲間たちは、慰めてやろうにも、方法がないらしかった。

この日は、夕食に、酒と羊羹が出たが、須藤二等兵の気持は浮かない。食後も、暗い心で

沈んでいると、班長の山本兵長が帰隊して来たので、須藤二等兵は、下士官室へ駈けつけて、山本兵長の身支度をほぐすのを手伝う。山本兵長は、初年兵係助教が、どこもみな軍曹なのに、ここだけ兵長である。軽機の高田軍曹、擲弾筒の長野軍曹らが「山本は幹部候補生の教育をしとるんかい」と皮肉をいうほど、実に教育熱心だった。教育は熱心だが、心根のやさしい人で、初年兵は殴らない。初年兵はみな心服している。山本兵長は関東軍で鍛えられ、射撃、銃剣術、すべて抜群である。

その山本班長は、部屋に入ってきた須藤の顔をみると、一瞬、きびしい眼になって、外出先で食事をしてきているから膳は下げてくれ、といったあと、須藤の事情をきく。模範兵須藤の顔を変形するほどだれが殴ったか、それを問いただす。嘘をいっても通用はしない。

須藤二等兵は、正直に、事情を話し、落度は自分にあることも話したが、山本班長は、須藤には、

「よし、わかった、帰ってよし」

と、いっただけで、自分の手箱から、襟布の十枚一組をとり出して、

「これを持ってゆけ」

と、渡してくれた。須藤二等兵は、涙ぐんでそれを受けとった。

山本班長が、下士官室へ、永田上等兵を呼んだのは、そのあとである。

「永田よ、小銃班の教育係上等兵、班長に、一言の断わりもなく、貴様には関係のないおれの初年兵を、よくも可愛がってくれたな。だが、貴様の教育はなっておらん。関東軍育ちの

おれが、お前を教育してやる」

山本班長が、大声で、永田上等兵をどなりつける声は、外にきこえ、つづいて、すさまじい打擲《ちょうちゃく》のひびきが外へ洩れる。永田上等兵は、ゆるされて下士官室を出てくる時、満足に歩けぬくらい足もとも定まらなかった。小銃班の初年兵たちは、内心、快哉を叫んでいる。しかし、須藤二等兵は、事のなりゆきに不安を覚えた。永田上等兵からの報復である。

この時、須藤二等兵の覚えた不吉な予感は、三ヵ月後に、的中することになった。

一期の検閲が終わると、初年兵は一般古兵なみに衛兵、厩、使役と、連日忙しさに追いまくられ、あわせて討伐があると、その編成表に載せられた者は、討伐隊に同行する。

黄塵の季節が過ぎ、白いアカシアの花が散って七月、何度目かの出動命令が出た時、須藤一等兵（進級していた）は、編成表をみて愕然とした。なんということだろう、あの永田上等兵がいまは兵長になって、第二小隊第三分隊長になっている。その分隊に須藤一等兵は所属になっているのだ。怖さ、不気味さに胸が騒ぐ。頼りにしていた山本兵長も川崎上等兵も、満期除隊してしまっている。一期の検閲のあと、須藤は有線の研修に派遣されていて、中隊を留守にしていたが、復帰しての直後の討伐行である。永田兵長と密接して行動しなければならない。永田兵長が、以前のことを、どの程度、根に持っているかはわからない。何とかして、この討伐間に、わだかまりは除きたい、と願った。

しかし、須藤一等兵のその願いも努力も効なく、襟布事件につづく、第二の災難が、身に降りかかろうとしていた。

昌邑北方の七日間の討伐行だった。炎熱の荒野に敵を求めて、夜も日も連続の行軍に明け暮れる。ここまでは無事に過ぎ、最後の夜を、犬一匹いない貧しい集落で、宿営することになった。初年兵は、古参兵の世話のほかに、夕食の準備をしなければならない。大陸の気候は、陽が落ちると、次第に冷気を増してくる。

宿営した民家の土間で、須藤一等兵は、第三分隊全員の飯盒を一列に並べ、炊き上がった飯の盛りつけをはじめた。

一週間の討伐行の間、永田兵長の須藤一等兵に対する態度には、別に変わったところはみられなかった。これで終わったかもしれない、という、ひそかな喜びはあった。須藤一等兵は、細心の注意を払って、十二個の飯盒に飯が平均に盛られているか、何度も点検してから、これでよし、と、まず分隊長に、そして全員に配った。

この集落には、鶏など一羽も見当たらず、野菜をさがしても付近には畑すらない。携行している牛罐の肉だけを少々のせた、まずしい夕食がはじまろうとしている。

その時である。突然立ちあがった永田兵長が、

「この飯を盛ったのはだれだ」

と、大声で、叫んだ。

何事かと驚いた分隊員の中で、須藤一等兵は立ちあがると、

「須藤であります」

と、答えた。その途端、永田兵長の投げつけた飯盒が飛んできて、須藤の胸に激しく当たり、音をたてて土間に転がった。

(何があったのだろう。飯の少ないのが気に入らなかったのだろうか)

と、須藤は思った。だれの飯盒にも皆同じに盛ったはずである。

そう思って、足もとの飯盒をみると、飯盒の中から飛び散った飯にまじって、副食を入れる中盒《なかごう》(掛子《かけご》)がこぼれ出ている。須藤の顔色が変わった。思いがけぬ失策である。それでなくても、今夜の飯は量が少ない。それが、事もあろうに、永田兵長の飯盒の中に、中盒がさかさまに落ち込んでいる。それに気付かずに、その上に飯を盛ってしまったのだ。討伐の最後の日だというのに、こんなあり得ないことがなんで起きてしまったのだろう。半ば茫然とする須藤の眼に、

「貴様ァ、おれに飯を食わせん気かァ」

という永田兵長の怒声が飛んできた。

怒りに形相を変えた永田兵長は、須藤の胸ぐらをつかんで、表へ引きずり出すと、崩れかかった土塀の傍らにあった棒を手にして、力まかせに殴りだした。

教育中に、山本班長に痛い目に遭わされたのもこいつのせいだ、いまこそ思い知らせてやる、と、あの時の恨みが一気に爆発したのだ。

騒ぎをききつけて、小隊長の津金少尉が駈けつけてきて、

「永田、やめんか。明日は早い。いい加減にせい」

と制したが、逆上している永田兵長は、小隊長の制止をきかばこそ、須藤が口から血を吐いて倒れるまで、殴りつづけている。

つぎの日の朝、顔は紫色に腫《は》れあがり、飯も喉を通らず、全身の熱さは夏の太陽のせいではない。高熱が出たので、一歩一歩、よろめきながら、戦友に助けられて、痛みと口惜しさに涙を流して、分隊の最後尾を、必死の思いで、須藤一等兵は歩いた。

初年兵の時代には、だれでも、重く暗い、記憶に残るできごとを体験するものだが、須藤一等兵の場合は、身にしみてつらく心に残るできごとであったろう。

須藤一等兵は、成績が抜群のため、進級してやがて兵長になり、分隊長をつとめ、部下を率いて、作戦にも参加した。ただ、食事の時、初年兵が飯盒を持ってくると、箸で必ず、中身をつついてみる癖が、身についてしまっていた。

楊柳《ようりゅう》とアカシアの町《まち》

1

山東省の濰県《いけん》は、膠済線《こうさい》（済南＝青島《チンタオ》）の途中にある町で、濰県城はみごとな城壁を持ち、城内城外ともに賑わっていた。

濰県には、独立混成第五旅団（桐兵団）の第十六大隊の第二中隊が、駅の警備任務についていた。中隊の兵舎は、駅から線路を越えた左側にあり、近藤大尉を中隊長とする、若く清新な気力を持った現役兵たちが、任務についていた。

兵舎から県城までは、二キロほどの道のりがあった。県城へ向かう道は、両側に楊柳の並木がつづき、日本人の商店などもあり、町全体が楊柳とアカシアを主とする樹木に彩られている。春は柳絮《りゅうじょ》が舞い、夏はあちこちでアカシアの白い花が咲く。

昭和十九年の春のはじめ。

第二中隊（近藤隊）の週番士官高橋曹長は、兵舎前で、日朝行事のあと、つぎのような訓示をしている。

「――本日より私は、次のことを諸君に要望しようと思う。この要望は必ず実行してもらいたい。実は、日本軍の戦場における横暴な行為は、目に余るものがあると聞いている。幸い、われらが部隊、とくにわが中隊には、まったくそんな事例はない。中国人に対する横暴は当然だが、今後は基本的に、中国人の人権を重んじてつきあってほしい。相手が苦力《クーリー》であっても同様である。差別、侮蔑の言動などが、もし少しでもあったら、速かにそれを改めてほしい。われらは日本人も中国人も、みな同じアジア人種であると考えてほしい。中国人との人間同士のつきあい、かれらはわれわれと同じ隣組の仲間、というふうに考えてほしい。――ついては、本日から支那酒を飲むことを禁ずる。この酒は火が燃えるほど強い。酔い過ぎて脱線することもあるし、身体にもよくない。その代わり、日本酒を、邦人料理店へ廻しておくから、そこで日本酒をたしなんでほしい。酒代は無料だ。手数料を加えた肴代《さかな》で、料理屋には利益をとってもらうことにする。また、今後、外出時は、週番士官の許可印を捺《お》した清酒二合券を各人に渡す。飲めない者もいるから、これで満足してもらえよう。重ねていう。酒で乱れるな。中国人と、人と人とでつき合うこと。これはわが桐兵団の方針であることを肝《きも》に銘じてほしい」

訓示を終えて、兵舎にもどると、高橋曹長は、中隊長室に近藤大尉を訪ね、

「隊長殿の意図は、隊員たちに充分伝達できたと思います。中隊の評価も、中国人の間で、申し分なくよくなると思います」

と、報告する。近藤隊長は、

「ご苦労さま。模範中隊にしたいね。中隊長を命じられた時から、張り合いが生じた。よろしく頼む」

と、いった。

中隊長の近藤大尉は、独歩第十六大隊の大隊副官から、大尉に進級と同時に、第二中隊長を命ぜられたものである。

高橋曹長は、軍歴が長い。習志野《ならしの》の騎兵第十六聯隊に入営し、一期の検閲を終えたあと、直ちに中支漢口《かんこう》付近の戦場に出動し、爾来、七年間にわたり、中支、北支、蒙古《もうこ》に転戦、数十度の作戦に参加している。昭和十九年一月に、騎兵から歩兵へ移り、所属が、独立混成第五旅団になった。

大隊本部は、濰県の隣の坊子にあったので、大隊本部へ申告に行ったが、その時、近藤副官が、高橋曹長と同じ長野県の、それも隣村出身ということがわかり、初対面がいきなり親しい関係に進んだ。そうして、近藤大尉が第二中隊長を命じられるとともに、高橋曹長も、第二中隊へ編入になった。高橋曹長は責任者として、経理業務をつかさどることになった。

近藤中隊長と高橋曹長は、有無相通ずる立場で、守備任務、駐屯生活の指導に、精励をつづけることになった。近藤隊長は、大隊副官当時から、中国側要人とも、わけ隔てのないつき合いをしていた。自分が中隊長を命ぜられてからは、いちだんと、対中国事情をよくしようとつとめている。高橋曹長は、その中隊長の意図を、もっとも身近に、もっともよく理解して、協力してきたのだった。

濰県は、風景、風土に恵まれた町であるとともに、四方八方に交通路の通じる要衝でもある。鉄道のほか昌邑《しょうゆう》、掖《えき》県、黄県などを経て烟《えん》台（芝罘《チーフー》）へも通じる交通路もある。当然、勃海《ぼっかい》沿岸の諸都市との経済上の緊密な関係も生じている。

また、軍事的には、第十六大隊管下に、大安山の厲《れい》文礼、三合山の王尚志、昌楽県の張天佐といった国民党系の軍閥が存在し、しかも八路軍がその勢力を増強しつつある。こうした環境下においては、どうしても、対中国関係の良好な維持とその促進を考えていかねばならなかった。その点、近藤隊は、もっともよき方向を辿っていたことになる。

近藤隊が、いかによき軍務をつづけていたにせよ、ともかくもきびしい戦場である。大小の戦闘経験を重ねてゆくことになったが、そのうち、もっとも激烈な戦闘は、六月上旬の大安山方面での対八路戦だった。この時、第二中隊の郿《とう》部分遣隊が、八路軍の重囲に陥ち、全滅の危機に瀕したので、高橋曹長の第三小隊が救援に赴いたが、小隊はほとんど初年兵で編成されていた。小隊は郿部城で、約三千の八路軍の包囲に陥ち、善戦敢闘を重ね、最後には近藤中隊長の指揮する主力の救援によって、劇的な勝利を得ている。郿部守備隊は、三十余名で三千の敵と戦い抜いたのだが、最後は、あまりに激戦かつ混戦のため、救援隊長の近藤中隊長をも、八路と見間違えてしまうほどの状況だった。近藤隊長自身が、弾雨の中を、乗馬で城壁に近接して、ようやく救援を知らせたほどであった。

しかし、こうした善戦を重ねながらも、やがて、昭和二十年八月十五日を迎える。

2

遂に、終戦となった。

終戦になると、日本軍はすべての権力を失い、それに補給が絶たれてしまう。

（いったい、日本はどうなるのか）

と、高橋曹長は、近藤中隊長と、言葉もなく、暗い顔を見合わせざるを得なかったが、その時、県庁から、電話が入った。中国側からの呼び出しである。高橋曹長が電話に出た。中国側要人が、つぎのように伝えてきた。

「――日本は無条件降伏をしました。しかし私たちは、貴隊を絶対に見殺しにはしませんから、安心してください。今まで、日本軍が代わる代わる駐屯したが、真実、中国に尽くしてくれた日本軍は貴隊だけだった。貴隊は中国に一切差別のないつき合いをされた。貴隊へは、今後、物資もどんどん補給しますから、不足してきたら、いつでも電話をください」

という、耳を疑うような内容だった。

近藤隊長も、高橋曹長も、驚いた。敗戦と同時に、いかなる報復があるか、と覚悟をしたのに、まったく思いもよらぬ嬉しい申し出である。

「高橋曹長。人情に国境はない、と、われわれは信じていたが、その思いが通じていたのだな」

と、近藤隊長も、感慨をこめていう。

「われわれの気持に、いささかの不純もなかったからですね。敵味方を越えて、人間の気持の大事さを、隊長殿が、こつこつと耕《たがや》して来られたからですよ」

と、高橋曹長もいう。

中国側は、食糧を、つぎつぎに補給してくれている。しかも、一般人が常食にしがたい白《パイ》麺《メン》中心の補給である。

敗戦にはなったが、日本軍は、武装解除はされず、共産軍の攻撃から鉄道を守るために働いた。中国側からの警備依頼も来ている。中国側は、日本軍の装備の優秀、兵員の強さを信頼している。鉄道守備のつづいている間、独歩第十六大隊は、まったく共産軍の攻撃は受けなかった。国民党軍の牽制が作用していたからではないだろうか。すでに戦争は終わっているのだが、攻撃されれば応戦もせねばならないし、当然、犠牲も出る。

独歩第十六大隊が、武装解除されたのは、昭和二十一年を迎えてからである。

この時までは、まったく平穏な、警備生活がつづいてきたのである。

武装解除は、むろん、中国軍側によって行なわれたが、武器の接収にきた中国軍の幹部は、

「平和になったら、また遊びに来てください」

と、いった。武器引き渡しを手伝っていた高橋曹長は、この中国側の、儀礼とは思えない言葉に、心を打たれた。まさに、昨日の敵は今日の友——の心情が相互にある。

武装解除の行なわれたあと、中隊長以下、気楽にはなったが、なにやら心細い。寒む寒む

とした不安を、だれもが感じている。

そんなある日、中国軍から、

「接収した兵器の、とくに重機関銃の使用法を指導していただけないだろうか」

という、鄭重な依頼が来た。

九二式重機関銃のことである。この機関銃の性能の優秀なことは、中国軍もよく知っている。対八路戦を控えているので、かれらはこの重機の取扱法を、何よりも熱心に習いたいのである。

近藤隊長は、高橋曹長に、

「ことわるわけにはいかない。指導に行ってやってくれないか」

と、いう。高橋曹長は、

「教官になるのですから、将校の方をどなたか選ばれるとよいと思います」

と、遠慮すると、隊長は、

「ほかにはおらんよ。実戦仕込みの君がいちばん適任だ。日本軍の心意気を見せてやってくれ」

と、いう。もはや、辞退はできない。

高橋曹長は、助手に後藤軍曹を、それに手伝ってくれる重機班の者を数名、通訳一名を選んで、重機の教育に出ることになった。

教育の開始される時に、中国軍の少佐以下三十数名の幹部が、第二中隊を訪ねてきた。

高橋曹長らは、連続一週間にわたって、重機取扱法の教育をし、仕上げには軽い演習まで行なって、指導を終わった。

中国軍は、素直に、熱心に、受講している。

この教育の終わった翌々日に、二人の中国人が、三十何羽もの鶏を、一本の縄に数珠《じゅず》つなぎにして、中隊へ引っ張ってきた。

何事か？　と、兵隊たちはみな、鶏の列をみまもった。中国人の一人がいった。

「これは、重機関銃の取り扱いの指導をしていただいたお礼です。召しあがってくださいといわれております」

これには、隊長以下だれもが大笑いをしたが、鶏は、隊員たちの、なによりのご馳走となった。


中国軍というのは、節度も正しいが、軍規もきびしかった。

駅から、濰県城へ行く途中に、日本の領事館があった。武装解除後は、中国軍側の兵隊が、この領事館の警備をしていた。

領事館勤務の木下所長が、高橋軍曹のところへ来て、

「中国軍の兵隊が、侵入してきて、物品を略奪《りゃくだつ》して行きました。やめさせていただけませんか」

と、訴えている。

高橋曹長は、近藤隊長に報告し、近藤隊長は、中国軍側に事情を伝えた。

数日後に、中国軍側から連絡が入った。

「先日暴行を働いた兵士は、昨日、東門において、銃殺に処しましたから、諒承してください」

中国側の刑は、極刑である。近藤隊長らは、そこまでやらなくても、と思ったが、仕方がない。中国軍側は、それほど近藤隊への義理立てを考え、あわせて、自隊への見せしめとしたのである。

近藤隊は、まもなく、濰県から隣の坊子の坊子ホテルへ移動した。いよいよどこかへ出発するのである。内地帰還か、それともさらに他地への移動だろうか。

近藤隊長以下が、中隊の前途を案じていると、中国軍の厲《れい》文礼将軍の副官が、近藤隊を訪ねてきた。厲《れい》文礼は、魯蘇戦区第五十一軍総司令于学忠の隷下、山東第二縦隊第五支隊司令である。副官は、邦貨に換算して約三百万円の金を出し、

「貴隊は、この地域を、愛情をもって警備された、ときいている。これは、少ないが、引き揚げの費用の一端にしてください」

と、いって、近藤隊長に渡す。

隊長をはじめ、その場にいた者は、中国軍側の情誼《じょうぎ》の篤《あつ》さに感動した。すでに軍票は価値を失っているのだから、邦貨で三百万円というのは、まことにありがたい金額である。それに、引き揚げの費用に、というのは、引き揚げの日の見通しもついているからであろう。果

たして、副官は帰りぎわに、

「引き揚げの準備をしてください」

と、いい残している。

その日から、引き揚げ準備がはじまった。せいぜい、リュック一つくらいの私物だけである。それでも出発の時は、中国側の配慮で、何十台もの馬車《マーチヨ》が用意された。馬車隊の、誘導将校と護衛もついた。無事に日本に帰したいという心配りである。

高密まで案内してもらい、そこからは鉄道だった。無蓋貨車だが、青島へ向けて、恙《つつが》ない旅がつづいた。

青島まで、なんのトラブルもない、快適行程だった。しかも、中隊は、一元の費用も遣っていない。

出発の時、それでも、何かあったら、と思い、もらった三百万円を、分けて所持した。久保曹長二十万円、高橋曹長三十万円、残りは近藤隊長が所持した。つまり、三百万円も無事に青島へ着いたのである。

問題は、三百万円をどうするかだったが、青島の引揚司令部に寄贈しようということになり、高橋曹長が預かって、

「邦人の引き揚げ費用にお使いください」

と、一応の事情は述べて、全額を寄付している。この中国側の好意には、司令部の要員も、感動の色をかくさなかった。

3

近藤隊は、青島では、嗆口《そうこう》という土地のコークス工場で、復員の日を待つことになった。引揚司令部まで二キロほどの距離がある。港のまわりは、軍隊や民間人であふれていた。みな、内地帰還の船を待っている。

近藤隊へは、中国側からの要請で、七十人の使役兵が出ることになった。第一日目には、柴田少尉が、使役兵を引率して行った。倉庫整理や道路工事であろう、と高橋曹長は察した。

使役兵の一隊は、午後三時には、帰隊してきた。

「もう帰してくれたのですか」

と、出迎えに出た高橋曹長がきくと、柴田少尉は、

「貴隊はまじめに働いたから帰ってよろしい、といわれたのでね。なにしろ、われわれは、まじめ一方に軍務をつとめてきたから、どこへ行っても同じです」

と、いう。

翌日は林少尉、その翌日は梶少尉と、七十名ずつが使役兵として引率されてゆき、みな、午後三時には帰隊してくる。

次の日に、近藤隊長は、引揚司令部に呼ばれた。近藤隊長が、何事かと思って出向くと、

司令部の高官の一人が、

「いままで各部隊から使役兵を出してきたが、どの部隊も働かないので、中国側から苦情ばかりいわれてきた。しかし近藤隊は、実によく働いてくれる、といって、中国側が非常に心証をよくしてくれている。おかげでわれわれも、はじめて面目を施《ほどこ》した。礼をいいます」

と、いった。

近藤隊長は、帰隊して、幹部たちに委細を話してから、

「働かないのは、無理もない。昨日までアゴで使っていた中国人に、今度はアゴで使われるのだから、戦争は終わっているのだし、仕事も、適当に怠けたいのだろう。気持はわかる。だが、われわれは、ふだんから、中国人を、同胞と考えて、つきあってきた。従って、立場が逆転しても、それを苦には思わない。むしろ、中国のために役立ってやろうと思って、働いたのだ。これからも、骨惜しみせず、働くことにしよう。隊員たちに、よろしく伝えてほしい」

と、いった。

——その日の夜、十一時ごろになってからだが、引揚司令部へ命令受領に行っていた久保曹長が、飛ぶようにして帰ってきた。満面に笑みを浮かべている。

「復員だ、復員だ、明朝の乗船です。急に乗船命令が出たのです。使役兵がまじめに働いたのと、司令部へ引き揚げ資金を寄付したので、一足飛びに、乗船順序を繰り上げてくれたんです。嬉しいですね」

と、眼をかがやかせている。

その夜は、復員を中心に、話題が沸いて、だれも眠れなかった。

そうして、翌朝に、所持品検査をすませて、米軍の、上陸用舟艇母艦に乗船した。

帰りの航海で、高橋曹長は、ひどく船酔いをして苦しんだ。当番兵の風間上等兵が、献身的な介護をしてくれている。風間は茨城出身の実にまじめな兵隊だった。高橋曹長は、隊員だれもが給料の中から天引きして野戦郵便局に貯金をつづける間、風間のために増貯金をしてやっていた。

ある時、風間上等兵はそのことを知り、高橋曹長に、

「曹長殿、自分の通帳がおかしいです」

と、首をかしげて問うたので、

「いいのだよ。お前は惣領《そうりょう》だし、家の事情のたいへんなこともわかっている。おれが増貯金をしておいた。お前が帰った時、役に立ててもらおうと思ってな。おれはいつでも部下より先に死ぬつもりでいるから、金は要《い》らない。お前は、武運に恵まれて家にもどれたら、両親にしっかり孝行してあげな」

というと、風間は、

「曹長殿、ありがたいことをいわれます。嬉しいです」

と、素朴に礼をいった。

近藤隊を乗せた船は、佐世保港に着いた。

港内の、赤錆びた日本海軍の艦影をみて、だれもが、しみじみと敗戦の思いを嚙みしめた。

下船して、近くの学校に集結し、いよいよ別れる時、近藤隊長は、隊員一同に挨拶をした。

「みんな元気で、戦後の復旧のために、がんばろう。楊柳がなびき、アカシアの咲いた、灘県での暮らしを、思い出として大切に胸にしまっておこう。いつの日か、灘県を訪ねることができるかもしれない。その時まで、われらの信条、隣人とのつきあいを大切にして、人間味を失わない、よき国を築き直すために奮励努力しよう。われらは善戦の限りをつくした。なんら臆するところはない。万歳を三唱して、別れようではないか」

近藤隊長の意向を受けて、高橋曹長が、万歳三唱の音頭をとっている。

周家村北方高地《しゅうかそんほっぽうこうち》の戦《たたか》い

1

山西省五寨県《ごさいけん》三岔堡《さんぶんほ》という村落には、独立混成第三旅団（造兵団《つくる》）の独立歩兵第十七大隊の第三中隊が駐屯していた。ここは五寨城からは三十キロほども北方の山間にあって、城壁も崩れた寂しい村落だった。

昭和十八年四月十二日の朝、この村で教育を受けつつあった初年兵六十名は、燃料用の薪を蒐集する牛車隊の護衛を兼ね、あわせて行軍演習のため、駐屯地を出発している。

初年兵たちは、入隊以来まだ四ヵ月ほどにしかならず、一発の銃声もきいたことがなかった。

ただ、冬の寒気はこたえた。零下二十度に下がる。どこをみても黄土地帯の荒れた眺めばかりだが、冬の間に使い果たした薪は蒐集《しゅうしゅう》しておきたかった。

初年兵六十名は、中隊長常延大尉以下若干の幹部、古参兵に引率されて、薪蒐集に出かける。

中隊の主力はどうしたのかというと、主力は、八路軍の拠点を封殺するために行動していた。つまり、初年兵は留守隊員だったのだ。中隊主力は、敵が蠢動《しゅんどう》する以前に、かれらの守備地を叩いておく作戦に従っている。その主力も、目的を終えて帰隊する日が近づいているので、初年兵たちが動員されて、薪運びに駆り出されたわけである。

野戦地における初年兵教育は、初年兵にとっては、とくに楽ではないはずだった。古参兵は、そこが戦地だからといって容赦はせず、かえってきびしく教育し、それは私的制裁にも及ぶ。スパルタ式に鍛える。

「貴様ら、しっかりせんと、この土地では生きられんぞ。八路《パーロ》相手のひどい戦《いくさ》がつづく。それに、山を歩けば狼が群れて駈けておる。いのちがいくつあっても足りん。覚悟して励《はげ》め」

といいながら、むやみに平手打ちがくる。平手打ちはともかく、狼が群れているというのは、脅しになった。山奥の分屯地へ、三、四十頭の狼が、村を襲って豚の仔をさらって行った、という話を、教育を受けている間に、古参兵からきかされている。狼はシベリア狼で、満州から渡ってくる。仔牛くらい大きいという。

初年兵たちは、みな、昭和十七年徴集の現役兵で、東北各地から集まった兵隊は、越後高田の歩兵第百三十聯隊に入営し、聯隊長山崎保代中佐（のちにアッツ島で戦死する）から訓示を受け、千数百名を代表して満田善闊《よしひろ》二等兵が申告、隊伍は下関まで来て、ここから徳寿丸（三千六百トン）に乗船して釜山へ。朝鮮半島を北上して新義州、鴨緑江を渡って奉天、山海関、天津、北京、張家口、大同、寧武《ねいぶ》まで来て下車、あとは神池《しんち》を経て、三岔堡に到着している。

（ひどい土地へ来たなあ）

と、初年兵たちはみな、顔を見合わせるようにして感慨を覚えたが、このあたりは、どの駐屯地も、鳥も通わぬ、といえる、荒涼たる風土である。寒気と、きびしい教育を、ともかく四ヵ月近く受けて、はじめて、駐屯地を出て、行動することになる。

「薪蒐集は、作戦行動ではないが、一応の武装はして行く。遠方へ行くわけではないから、まァ、遠足気分ではないか」

と、引率の護衛につく古参兵の一人はいった。高田聯隊で、隊伍を代表して山崎聯隊長に申告した満田二等兵は、三岔堡では、機関銃の教育を受けていた。

「重機は歩兵の守護神ぞ」

と、教育間、初年兵は先輩によくいわれた。

九二式重機関銃は、歩兵隊が携行する重火器としては、たしかに、もっとも頼りになる、有能な兵器だった。口径七・七ミリ、有効飛距離は小銃の倍ある。むろん命中率がよく、殺傷力も強い。その発射音は重く力強くダン、ダン、ダダダダと地軸をゆすってひびく。三十発一連の装弾を続けて撃てば、一分間六百発の連続射撃能力があり、照準しやすく、弾着も正確、従って敵の火器の制圧、破壊、敵兵の掃射、薙射には、申し分ない威力を発揮する。

ただ、銃身は重い。銃身三十キロ。脚三十キロ計六十キロ。この重さは、当然、兵隊を悩ますことになる。それで駄馬が使われた。

重機班の編成は、分隊長と銃手四名、弾薬手四名、駄載馬二頭、駄馬手二名、計十一名が定員であった。ほかに予備兵の加わることもある。行軍の時は、重機を分解して銃馬に、弾薬箱（弾匣《だんこう》といい六百発入り三十キロ）四個を弾薬馬に搭載、兵隊は帯剣（三十年式銃剣）一本の軽装で行軍する。

馬を使えない地形の時や、戦闘近くとなれば、銃と弾匣を下ろし、銃手は銃を組み立て、前梶、後梶各二本ずつを脚部に突っ込み、四名で担って運搬する。四人搬送である。敵弾が飛んでくるようになれば、前後に一名ずつ配して、銃を提げ早駈けで前進する。二人搬送である。

いよいよ第一線となれば、銃と脚に分解して、銃手は交代しながら全力で疾走前進する。分解搬送である。その間、駄馬手は馬を安全な場所に待避させて、敵弾から馬を守るのが役目である。この重機班の役割は銃手、弾薬手、駄馬手だが、この序列は、成績によって自らきまる。

2

満田二等兵は、銃手の一員として、薪蒐集隊の隊伍に加わっている。ただ、教育中だから、実戦への参加経験は当然ないし、従って実弾で敵を撃ったこともない。

この日、薪蒐集隊は、朝の点呼を終え、朝食をすますと、直ちに出発準備にかかった。

薪は、牛車に積むことになっていて、牛車隊が先発する。隊伍は行軍隊形で出発するが、作戦命令で出動するのではないから、気が楽である。

「お前ら、重機班にいて、仕合わせと思え。荷はみな馬が持ってくれるでなァ。小銃班をみよ。行軍途中でもう息を切らしとるぞ」

と、重機班の古兵は、初年兵にそういったが、たしかに、行軍間は楽だと思う。小銃班は小銃のほかに、弾薬各自百二十発、ほかに軽機の弾薬、擲弾筒の榴弾まで、余分に持たせられる。それに手榴弾も持つ。

薪の蒐集は、ほとんど一日がかりだから、各自、炊事係が用意した弁当を持っている。飯盒につめた弁当に、水筒には沸かし水。目的地は周家村方面である。牛車数台とともに行軍するのだから、のんびりと歩けばよい。山西省北方といえど、四月中旬になれば、民家のほとりに桃李の咲くのがみえる。これからがよい季節なのである。

隊伍は、一時間ほど進んだところで、道路妨害のため停止した。道路に壕が横に掘られている。自動車の通過を妨害するもので、車が停まったところを、両側から奇襲する、八路兵の常套的な手段である。もっともこの時は、本隊が八路討伐の掃蕩行に出ているのだから、八路兵一応奇襲される心配はない、と、幹部からの伝達があった。

行軍の渋滞したのはそこだけで、さらに一時間余り進んで、左右を高い稜線にはさまれた、広々とした地域に出た。仮設飛行場跡だ、と、古参兵が教えてくれる。

ここが目的地だった。大休止の命令が出て、満田二等兵も、銃と弾薬を下ろす手伝いをする。休止の時も、つとめて早く、銃を据え、陣地を造らねばならない。重機のための塹壕陣地である。中央に重機を据える台座をつくり、まわりに円形の塹壕を掘る。掘った土を銃の前面に積み固める。この工事は速やかに終わる。土地が黄土のため砂利がまじらず、仕事がしやすいのである。

この陣地は、戦闘になると、弾薬手は壕内に身を伏せられるが、射手は照準して射撃しなければならない。上半身をかなり上にのぞける。これが射手のつらいところだが、それだけに人に誇れる理由でもある。

陣地構築をしている間に、薪の蒐集も進み、昼食になった。

好天で、うらうらと陽があたたかい。弁当を食べながら、思い思いに語り合っていると、のどかな遠足気分である。ふるさとの噂をし合うのが、なによりもたのしい。

教育教育でいじめられてきた初年兵が、遠足気分で弁当をひろげるのは、重機班のほかに、小銃班も擲弾筒班も同様だった。擲弾筒班の藤川二等兵と北郷二等兵は、気が合うので、二人で並んで飯盒をひろげたが、おかずにもらっているホッケの唐揚げが、藤川には二個あり、北郷には一個しかない。

「不公平だな。どうして藤川には二個あるのだ?」

と北郷がいうと、藤川は、

「俺は食事当番だったから、みんなの飯盒へ公平に一つずつ入れた。ところが一個残った。

だから当番の役得で、その一個はもらったのだ」

と、答える。

「半分、わけてくれよ。戦友じゃないか」

と、北郷がいうと、

「やらんと恨まれるだろうし、仕方がない、半分わけるよ」

と、いいあっていると、近くで、だれかが、

「前方の稜線上に敵がいるぞ」

と、叫んでいる。

ふたりが、唐揚げはそのままにして、うしろをみると、中隊長が、双眼鏡で、前方の稜線をみている。

半谷分隊長が、

「出発準備、敵が遊動している」

と、叫ぶ。ふたりが立ち上がると、分隊長は、

「ここにいると囲まれる。あの山を占領するぞ」

と、重ねて叫ぶ。

分隊長が先に立つので、擲弾筒班の者は皆、そのあとにつづいた。敵が遊動している稜線に向けて、傾斜地をのぼりはじめると、前方とは違った脇の方向から、ビューン、ビューンと銃弾が来、まわりの地面に土けむりをあげる。

藤川二等兵は、その銃声と銃弾で、全身がふるえた。

はじめて知る、八路兵の狙撃弾である。

ふるえは、北郷二等兵やほかの仲間も同様であったろう。分隊長の、

「かたまるな。散らばれ。散開して進むぞ」

という指示に従って進むと、銃弾は、さらに身近に、バシ、バシと、不気味な音をたてて、地面に喰い込んでくる。

その時に、中隊全体が、前面の稜線に向けて進んでいるのが、藤川二等兵にもわかった。

稜線近くなると、分隊長が、

「伏せ、第一匍匐《ほふく》前進」

と、号令する。藤川二等兵は、稜線へ出て、前方をみた。前方をみて驚いた。敵兵の姿が行く手の稜線上に、びっしり、といいたいくらい、間近にみえる。それも、三十や五十でなく、いちめんに散っているようにみえる。距離は、それでも、五、六百メートルはあるだろう。

(戦闘だ、戦闘だ。これからどうなるのか。死ぬのか、生きられるのか。勝たなければやられる。囲まれたらどうなる。中隊は六十しかいないのだ。俺は擲弾筒手だ。撃たなければいけない。どうすればいいのだ)

と、かっと、頭に血がのぼって、考えはまとまらない。分隊長が、弾薬手の北郷に、

「北郷、早く弾丸を入れろ、撃つぞ」

と、命じる。藤川の構えた筒に、北郷が弾丸を入れるのと、同時に「安全栓を抜くのを忘れた」と北郷がいい、藤川は筒を逆様《さかさま》にして弾丸をとり出し、入れかえさせる。擲弾筒の榴弾は、筒手が四十五度に構えた筒口に、上から入れる。分隊長の命令により、転輪を廻して、距離を合わせて、撃つ。

「目標、前方の敵、距離六百、撃てっ」

分隊長の命令通り、藤川が撃つ。弾丸は前方の稜線上で、轟然と、炸裂音をあげる。しかし、分隊長は、

「藤川、筒を俺によこせ。安全栓を忘れたり、基本をのんびりやっていてはいくさには勝てん。弾丸を寄越せ」

という。榴弾は手許になかった。もともと作戦出動ではないので、予備を持っていない。

「だれか、榴弾をもっとらんか」

と、分隊長が叫ぶ。

まわりから、声はない。

藤川二等兵が、うしろを振り向いてみると、同行してきた保安隊（国民政府軍）が二十名ほど、ぺったりと、地面にしがみつくように伏せている。保安隊は牛車係で、薪集めには役に立つのだ。薪は、すでに集めて、牛車に積んであるのだが、運搬どころか、敵の包囲に陥ちはじめているのではないか。

その保安隊の教官をしている佐藤上等兵が、

「やられた。八路のまぐれ弾丸にな」
といいながら、首に、三角巾《きん》を巻いている姿がみえた。三角巾は血で染まっている。それをみたら、腹の底から、また、ふるえがきた。

3

擲弾筒班は、通常、隊伍の後方で、援護射撃をするのが任務だが、この場合は、敵の発見が早く、しかも、敵影のみえた稜線に、もっとも近い位置にいたから、攻撃命令が出たのである。むろん、大敵がいるようには思えなかった。駆逐できる、と、中隊長も分隊長も思ったのだ。

擲弾筒の戦いと同時に、満田二等兵も重機班にいて、突如、銃声に、おびやかされることになった。

薪の蒐集というのは、古木材を集めて運ぶことで、牛車と苦力《クーリー》の仕事、保安隊は蒐集の雑事を手伝ってくれる。保安隊は汪政府の軍隊なのだが、戦闘力としては、あまり力にならない。

銃声のきこえる前、だれかれとなく「敵がいる」と叫ぶので、満田二等兵がみると、向こうの稜線上に、動き廻る敵影がみえる。乗馬の指揮官を先頭にして、敵の縦隊が、かなりの速度で移動しているとわかった。移動の方向は、三岔堡へ帰る道の、途中を押さえようとする意図にみえる。つまり、敵は、日本軍の数は、とっくに読んでいるのである。

教育間に何度か耳にしたのは、教育係下士官や古参兵の、対八路戦についての注意である。

「八路は、相手が強いと、攻めては来ない。しかし、相手が小数で弱いとみると、徹底的に攻めて、捕虜にするか、全滅させようとする。造《つく》でも、なにかと痛い目に遭っている。八路も、昔は、猫のようにおとなしかったが、百団作戦の成功で勢いづいてから、眼にみえて戦闘力が増した。油断はできない。お前らも、一日も早く、基本の戦闘能力は身につけねばな」

と、いわれている。

百団作戦は、昭和十五年八月に、八路軍十万が、石太線周辺の住民とともに蜂起して、日本軍守備隊を、いたるところで徹底的に蹂躙《じゅうりん》した作戦である。日本軍も報復作戦を実施し、爾来、彼我の戦闘行動はきびしさを増す一方である。昭和十七年末に山西省に渡ってきた造兵団の初年兵、三岔堡の第三中隊が、教育間、一発の銃声もきかなかったというのは、幸運であったのかもしれない。

しかし、いま、静かだった日常は、一瞬にして破れようとしている。

重機班長は、銃と弾薬の積載を命じると、中隊長のところへ走って行ってしまった。

満田二等兵のみたところでは、稜線上の敵兵は、一コ小隊ほどにみえた。しかし、はじめてみる敵兵である。殺すか殺されるかの、きびしい時間の中で、対決しなければならない相手である。

満田二等兵は、緊張感で、五体は引き緊まり、脳裏を、不安感が掠《かす》める。本能的な畏怖感である。敵が、帰隊の途中に待ち伏せしていたらどうなるのか。待ち伏せするつもりなのだ。敵は一コ小隊だけなのか。全身が、ガタガタとふるえてくる。

(こら。しっかりしろ。臆病になるな。恥ずかしくはないか)

と、自分で自分を叱りつけてみるが、ふるえはとまらない。なぜか、左手がひどくふるえる。左手を右手でおさえると、ふるえが右手にうつり、右手と同時に、五体もやはりふるえる。緊張による武者ぶるいだろうか。それなら、なぜ、不安や怖れが、頭を掠めるのか。

班長が、中隊長のところから帰ってきた。走りながら、班長は、

「重機班、早駈け前へ」

と、叫んでいる。

その命令を夢中で聞き、班長につづいて、重機班も、敵影のみえた反対側の稜線へ向けて、のぼりはじめる。懸命に駈ける。ふつうなら、たちまち息切れのくる速さで駈けるのだが、いささかの疲れもなく、駈けのぼる。頂上近くまでのぼった時、

「散開せよ」

の命令が出る。隊伍は、それぞれに散開して、戦闘態勢をとる。

包囲してくるらしい敵に対して、応戦の態勢をととのえるのである。

重機班は、

「銃卸《おろ》せ、分解搬送、早駈け前へ」

の号令で、梅宮が銃、古山が脚、満田が弾匣をかつぎ、班長につづいて駈け出した。駈けてゆく前方では、すでに敵との交戦がはじまっていた。耳を掠める銃弾のうなり。弾着は近いのだ。班長は、

「銃を据え」

の命令を出す。古山が脚を下ろす。梅宮が銃を乗せ右に下がって伏せる。満田は一番弾薬手として、古山の脇に伏せ、弾匣の蓋をあける。三十発一連の弾薬をとり出し、封を切って古山に渡す。古山が装塡を終えると、銃把を握る班長が、押鉄を押す。

ダ、ダ、ダ、ダダダダという、すさまじい発射音が、あたりをふるわす。強い、たよりになる銃声だ。その銃声のひびく中で、満田二等兵は、不安や恐怖感が消えてゆくのを覚えた。重機の発射音だけに聴き惚れる。

（大丈夫だ。重機は歩兵の守護神だ）

と、自分にいいきかせた時、一連を撃ち切ったあとの、つぎの装塡がうまくいかなかった。

「古山、何をしとる。早くやれ」

と、班長が、どなる。

それでも、装塡は、うまくいかない。古山は班長にどなられ、遂に、重機の傍らにすわり込んだ。我を忘れたのだ。至近弾が狙い撃ちでくる。

「古山、あぶない、姿勢を低くしろ」

と、満田は叫んだが、古山の耳には入らないらしい。敵の銃声だけが時を刻む。

「できた」

と、古山が叫び、装塡ができ、満田はほっとし、班長は射撃をはじめる。重機の弾《はず》む発射音。古山は依然として、重機の脇にすわりつづける。満田が、

「古山、あぶない、伏せろ」

といって、足を引っ張るが、姿勢を変えない。仕方なしに、また弾丸の封を切って渡す。四、五連撃ちつづけたが、その時、カチっと音がして、発射音がとまってしまった。班長が桿を前後に動かそうとするが、動かない。操作不良で、弾丸が食い込んで故障を起こしたのである。班長は、中隊長の方向へ向けて、

「重機故障」

とどなり、古山に声をかけ、二人で重機を引き摺って、見えないところへ後退して行った。重機の消えた位置へ、敵の銃弾はなおも撃ち込まれてくる。

4

重機が故障で後退したので、満田弾薬手は、ひとり前線にとり残されてしまった。なにしろ小銃もないのだから、撃たれ放しである。

身を伏せてはいるが、分隊長の命令もないのに、勝手には動けない。じっと壕底に伏せていると、不安感だけが募《つの》ってくる。だれに祈る、というわけでもないが、自然に手を合わせ

て、出征前日に父から渡された、腰に下げているお守り袋をさすりながら、胸の中で、南無妙法蓮華経――と、唱《とな》えつづける。

唱えに唱えつづけていると、いくらか落ちついてきた。

まわりを見廻すと、右手に、梅宮がべったりと伏せている。小銃手の応戦している姿が、三つ四つとみえる。しかし、なおるのだろうか？　たった一梃しかないのだ。故障がなおれば、ここへ重機はもどってくる。梅宮の近くにいるので安心する。

敵はいったいどこから撃ってくるのか、と、首を上げたがみえない。思い切って、腕を立てて、上体を持ち上げた。

みえた。敵の隊長か？　長髪の男が、ぱっと立つと、短銃でパンパンと連射してくる。立膝で撃ってくるのだ。「八路は勇敢だぞ」と、古兵にきいた声が、思い出されてくる。

味方の主力はどうしている？　と思って、見廻そうと思った時、少し離れたところで、内藤上等兵の立ち上がるのがみえた。軽機を構え、ダダダと一連射撃ち、ぱっと身を伏せる。

さすがは古兵だな、と、感心する。少し、安心が増す。

満田二等兵は、また、上体を起こして、前方をみた。

どれくらいの距離で敵がいるのか、確認したかった。十名くらいの敵が、一瞬、眼に入った。距離は百メートルとはない。さかんに撃ってはくるが、顔は地面にかくして、銃だけのぞけて撃っている。

（あいつらも初年兵ではないのか？）

と、思えた。

(あんな銃の弾丸には当たらんぞ)

と、気をとり直せたのは、内藤上等兵が、あいかわらず、勇戦しているので、励まされているからだろう。

敵は、あまりに近い。

しかも、優勢である。兵数も味方よりずっと多いのは、銃声でわかる。

この調子で、攻めつづけられると、充分な武装をしていないこちらは、いつしか弾薬が尽き、狙われ、追いつめられて、揚句《あげく》には全滅させられてしまうかもしれない。ここが死場所になっては、たまらない。

中国へ来ての初戦で戦死では、浮かばれない。なんのために、ここまで育ってきたのだ？　何一つ、お国のためのお役に立たず、しかも、薪運びの途中で死んでしまうとは。

(なんとかして生きのびたい。頼みは日蓮さまのお守りしかない。お題目を唱えよう。お題目だ、お題目だ、ほかのことは考えるな)

満田二等兵が、お題目を唱えていると、傍らへ、寄って来た者がいる。

みると、保安隊の兵隊である。こちらへ向いて、

「タマ、タマ」

と、訴えている。

銃をゆびさして、しきりに、

「タマ、タマ」

と、いう。

小銃弾が尽きたので、弾丸をくれ、と、せがむのである。

「タマはない。不行《プシン》、不行《プシン》」

と答えるが、必死な表情で、タマ、タマ、とくり返す。

口では、わかってくれそうにないので、弾匣から機関銃弾を一発ぬきとり、保安隊員のもっている小銃の銃口にあてがってみせてやる。小銃の口径は六・五ミリ、重機は七・七ミリ、寸法の合わぬのは、すぐに納得させられる。

満田二等兵は、あちらへ行け、といって、小銃班の者たちのいる方向を、ゆびさした。

それにしても、重機はどうしたのだろう。

班長がついているのに、遅い。

こちらは無抵抗に、ただ敵弾を避けているだけだから、心細くて、どうしようもない。

もし、弾匣に敵弾が当たったら、雷管が破裂して暴発してしまう、と気づいて、弾匣を楯《たて》にする。どこからくるともしれぬ流弾もこわい。ともかく、ここで死にたくない。撃たれ放しで死ぬなんて、やりきれない。頭の中にあるのは、

「重機、重機、早くなおってくれ」

という、切実な願いだけである。

そうして、お題目を唱えつづける。

右の方向で、

「やられた」

という声があがる。

だれの声か、姿はわからない。

「衛生兵、衛生兵」

と、叫ぶ声がきこえる。側にいた仲間が、呼んだのだろう。

「しっかりしろ。傷は浅いぞ。大丈夫だ」

と、励ましている。その声は悲痛で、耳の奥に物悲しくひびく。

満田二等兵は、

(自分の順番も廻ってくるな)

と、観念する思いになる。

その満田のうしろを、白地にくっきり赤十字のマークをつけた薬嚢を押さえながら、薄衛生上等兵が匍匐《ほふく》して行く。

(ああ、ありがたいなあ)

と、思う。

負傷しても、衛生兵は、直ちに介護に来てくれる、と、心強く思うのだ。

彼我の交錯する銃声の中で、満田二等兵は、不安と絶望、そして自身を鼓舞、また不安と絶望、さらに鼓舞と、動揺しつづける心を支えて、重機の到着をひたすらに待った。

その時、重機班の大堀上等兵が、

「突撃だ、突撃しねえと駄目だ」

と、叫びながら、やってきた。

怒っているので、ふだんは白い顔が、赤く燃えている。古参の兵隊は、戦闘意識がさかんなのだ。

「こんなことをしとったら全滅だ。突撃しねえと駄目だ。おれ、中隊長に進言してくるから、お前たち、ここでじっとしてろよ」

と、大堀上等兵は、そういい残すと、匍匐もせずに、早駈けで、中隊長のところへ行く。みていると、実に、たのもしかった。

まわりを励まし、みんなに勇気を与えてくれている。しかし……。

大堀上等兵は、突撃——といったけれど、銃もないのに、どうやって突撃するのだろう。と、満田二等兵は思う。

重い弾匣をかついでいては格闘もできないから、置いてゆくしかない。武器といえば三十年式帯剣一本きりだ。これでどう戦うのか。頭の中で、格闘の仕方を、めまぐるしく考える。まず、左手で敵の銃剣を払って体当たりをする。さわったところを体ごと剣を突き刺す。倒したらつぎの奴に向かう。あくまで一対一。敵が何人いようと、つかんだ奴だけ敵にすればよい。しかし、逆にこちらがやられたら？

（それで終わりだ。弾匣を棄てて行きやがって、と、班長は怒るだろう。知っちゃいねえや。

こっちは死んでるんだ）

と、棄て鉢に考えながら、抜いた帯剣で、前面の土を、ざくっ、ざくっと突き刺し、手ごたえをたしかめたら、なんだか帯剣でもやれそうな気になった。いよいよとなったらやるぞ、と、心をきめて梅宮のほうをみると、梅宮が、ニヤニヤと笑っている。

（あいつ、平気で笑っていやがる。こっちも負けていられるか）

と思い、満田二等兵も笑い返す。

突撃の心構えをしたから、それまでの一喜一憂の気持は忘れている。やらなければやられる、という一念だけが胸にある。闘魂——というのだろうか、それを抱いて、突撃の時を待つ。

その間にも、敵味方の銃声は入りみだれ、銃弾による風圧を身に感じつづける。敵弾が一方的に撃ち込まれて来るからである。

その時、重機がもどってきた。

重機が据えられると同時に、ダン、ダン、ダンと、豪快な発射音が耳を打つ。古山は、伏せて装填する。後退した時、しっかり伏せろ、といわれて、頭を叩かれたのかもしれない。いかにして弾丸に当たらないか——も、戦闘の要諦《ようてい》の一つなのだ。

「中隊長も突撃を決意されたぞ」

と、駈けもどってきた大堀上等兵がいう。

「重機班は突撃しないでよい。その代わり喚声をあげて応援する。突撃の喚声は第一回、第二回は鬨《とき》の声だけぞ。第三回目に突入する。重機班は、その後につづくのだ」

中隊長の命令は、つぎつぎに伝達されてゆく。小銃班は最前線で突入する。

態勢が整うと、中隊長の、

「突撃ィ」

の大声のあと、全員が、

「うわァ、うわァ」

と、声を限りに、喚声をあげる。

前面から、それにこたえて、無数の手榴弾が投げられてくる。八路兵は、日本兵の突撃のこわさは知っていて、手榴弾を投げつづけるのだ。手榴弾は、眼前二、三十メートルの地点で、すさまじい炸裂音を重ねつづける。土煙りが天に冲する。

第二回の喚声があがる。

精一杯の絶叫だ。

手榴弾が飛んでくる。しかし、なぜか、数発である。一瞬の間をおいて、

「突撃ィ、前へ」

と号令して、中隊長が真っ先に跳ね出し、軍刀が光る。初年兵だれもが、それにつづく。喚声をあげつづけながらの突入である。

戦闘経験の一切ない初年兵だが、ともかく基礎訓練はしっかり身につけている。それに日本兵の伝統がある。あとは、実戦への気魄である。

（すごいな。おれもやるぞ）

と、仲間の突入をみながら、満田二等兵も身構える。突入への一体感が、五体を揺すぶってくる。

「分解搬送、早駈け前へ」

の、班長の声をきくが早いか、重機班は、突入する。一番銃手の梅宮が銃身を握ったが、銃身は焼け切っているので、熱い。梅宮は、

「あつっ、あちちち」

と叫んで、手を離し、かつぎ直す。戦闘間でありながら、満田には、その梅宮の動作がおかしかった。

古山が、脚をかついで、飛び出す。

行く手に、数えきれぬほど敵兵が倒れている。遺棄死体だ。重機が薙《な》ぎ倒したのである。故障している間に敵が近づき、故障がなおって撃ち出した時に、かえって効果があがったのだろう。

遺棄死体の一つは、燃えている。かれらの軍服（綿服）が、煙をあげている。

「古兵殿、敵が燃えてます」

と、満田がいうと、

「自爆したのよ。覚悟のいい奴だ」

と、いった。古兵は駈けて行く。

「支那の靖国神社に行けよ」

と、満田二等兵も、いい残して、隊伍につづく。

敵兵の死体は、行く手の、どこまでも散らばっている。

満田二等兵は、敵の死体を、はじめてみたのだ。どの死体も、濡れタオルを大地に叩きつけたような恰好で、倒れている。死に体である。死んだ真似をしている「生き体」とは違う。古兵から話はきいていたが、眼《ま》のあたりにみて納得した。

敵に向けて、突入して行った主力は、どこへ行ったのか、追いつけない。灌木の散らばるだけの地表だが、味方がみえない。敵を追っていることだけは、たしかである。

重機班がとり残されても困るので、班長について先を急ぐと、とつぜん、二百メートルほど先方の丘の上を、三十名ほどの敵が、逃げてゆく。一列横隊に散開して、山の斜面をのぼってゆきつつある。

「銃を据えろ」

と、命令が出る。逃げる敵を撃つので、こちらに敵弾は来ない。一方的に撃ちまくるのだ。

「射撃準備完了」

と、助手になる大堀上等兵が叫ぶ。

重機が吠え出し、逃げる敵兵は、みるまに、三人、五人と倒れる。

「弾着よし」

と、班長が叫び、さらに一連撃つ。弾丸は敵兵の足もとを洗うが、今度は、ふしぎに当たらない。しかし、弾着はしっかりしているので、五、六名が、射すくめられて、土饅頭の蔭にかくれる。土饅頭といっても、ちょっとした堆土なので、身体の一部は出ている。狙うと、機銃弾は、土饅頭もろともに、かくれた敵兵をはじき出す。

敵兵の一部は、逃げのびて稜線を越え、姿が消えた。

完全に、敵を駆逐したのである。

「あそこに、ひとり逃げるぞ。隊長だ。馬に乗っている」

と、近くで叫ぶ声がする。

みると、地隙の底を、乗馬の敵がひとり、いっさんに駈けてゆく。確認はできたが、重機は器用には銃身を廻せない。そのうちに、乗馬の隊長は、物蔭に姿を消してしまった。

(負傷して、自爆した兵隊もいるのに、なぜ隊長は逃げるのか)

と、満田二等兵は、落ちつきをとりもどした頭で考える。満田は幹候に合格しているので、いずれは将校になる。

(隊伍の上に立つ者は、つねに隊伍の模範になるべきではないか。わが中隊長は、先頭に立って突入された。強いといわれる八路の隊長が、おかしい。八路にも、いろいろな区分があるのだろうか)

と、さまざまに、思念が交錯する。

しかし、ともかく、敵に勝ったのだ。

重機班が、さらに前進すると、一方の丘陵上に、中隊長を中心とする、十名ほどの味方のいるのがみえた。

　重機班が行くと、中隊長は上機嫌で、

「ご苦労、ご苦労」

と、いたわってくれる。

　ほかに味方は？――と思うと、つぎつぎに、味方が、敵兵からの鹵獲品《ろかくひん》をもってきて、中隊長の足もとに置く。小銃のほかにチェッコ機銃もまじり、戦利品は山になる。

　逃げ遅れて、捕虜になった敵兵が六名いた。

　中隊長に、各班から、異常の有無が報告されたが、戦死者は皆無。負傷者は二名いたが、生命に別状はないという。

　カイゼル髭の中隊長は、一同を見渡して、改めて労苦を謝し、一同と共に笑った。

　鹵獲品は、功績の証明になるのだ。

　小休止をしていると、監視兵の一人が、

「敵が集結しています」

と、報告する。

　みると、千メートルほども向こうの稜線上に、黒ゴマを撒《ま》き散らしたように敗残兵が集結している。かれらに戦意はない。その証拠に、

「一発嚙ませてやります」

といって、大堀上等兵が、その遠い稜線に向けて銃を構え、仰角一ぱい、一連射する。撃

ち込まれる弾丸は、正確な弾着を得ていないが、敵は、銃声に追われるように、みるまに姿を消してしまった。

六名の捕虜に、鹵獲品を背負わせて、帰路につくことになった。あとは、牛車の列を追及すればよいのである。

「桃太郎の凱旋の気分だな」

と、班長は、稜線を下りはじめると、そういった。

満田二等兵は、梅宮二等兵に、

「突撃の前に、お前笑ったな。いい度胸だ。よく笑えたな」

と、いうと、梅宮は、

「お前が笑うので、笑わんと悪いと思って笑ったが、笑える気分じゃなかった。お前が帯剣で土を刺しているから、いい度胸だと思ったのよ」

という。

ふたりとも、声を合わせて笑ってしまったが、やはり、生きのびた、という実感は、得がたく、胸にある。

5

周家村北方高地での戦闘は、ほぼ二時間つづいて、第三中隊の勝利に終わったのだが、第三中隊といっても、主力は初年兵である。しかも、一期の検閲も終了していない。

日夕点呼《につせき》後に、全員に、中隊長の訓示があった。

留守を守っていた者も、いるからである。

中隊長は、この日の戦闘を、こういっている。

「敵は、薪の蒐集隊の約六倍の兵数をもって、われわれを攻めてきた。これは、蒐集隊の主力が未教育の初年兵であることを、密偵情報で知っていたからである。容易に勝てる、とみて、油断して近接してきた。だが、思いもよらぬ強硬な抵抗と、さらに、突撃をされて、算を乱して逃げることになった。内地の兵営では、初年兵の一期の検閲は、総合演習をもって終結するが、わが三岔堡《さんぶんほ》守備隊では、このたびの周家村北方高地での対八路との実戦をもって、みごとな成果とともに、一期の教育も終結したものとみる。八路はわれわれに、よき協力をしてくれたのではないか。残留していた者は、本日の戦闘を直接きいて、自身の参考としてほしい。最後に、初陣にしてはあまりにみごとな戦果ではあったが、八路は強い。油断はできぬ。今後も、心して励んでもらいたい。本日はご苦労であった。ゆっくりと休養をしていただきたい」

この日の戦闘のことは、兵隊同士でも、さまざまに話題となった。

話題の中心は、突撃を決行したことである。

「八路は、未教育初年兵が、突撃をしてくるとは思わなかったろう。八路には、教育隊を、教官もろともに捕虜にしてしまった例がある。八路はその狙いを抱いていたかもしれない」

と、古参兵の一人はいった。

「初年兵と教官だけで行動していたのなら、そうなっていたかもしれないな」

と、古参兵の一人はいう。

「要するに、喚声を二度あげて、三度目に突入して効果をあげたのだ。歴戦の中隊長が、たまたま、薪集めの一隊を率いていたからだよ。あの場合、だれでも逃げることを考える。敵は包囲態勢をとってきた。中隊長は機敏に情況を察した。攻撃に勝る防禦なし、を、初年兵教育に重ねて敢行しようとした。その決断力が八路を圧したわけだ。討伐隊が帰ってきて話をきいたら驚くよ。もうかれらは無益な私的制裁はしないだろう。周家村北方高地で、訓練はすべて終わってしまったのさ」

古参兵の一人はそういって、初年兵を慰撫激励してくれている。

便衣《べんい》の遊撃隊《ゆうげきたい》

1

山西省寧武県は、冬期の寒冷はきびしく、十二月から二月までは、地下一メートル以上も凍る。

昭和十九年十二月下旬の寒冷期のさなかに、第二中隊長荒谷中尉を長とする遊撃中隊は、全員便衣《べんい》（中国服）を着込んで、苛嵐《からん》地区への討伐に出発している。

指揮班と第一、第二小隊、それに保安隊を第三小隊としての編成である。第二小隊は、北沢曹長を長とする作業隊で、寺田伍長は第一分隊長の任に当たっている。

寺田伍長は、異色の分隊長だった。なぜなら、この時、三十八歳の老兵である。昭和三年に高知歩兵第四十四聯隊に入隊し、同年末伍長勤務、翌年除隊。昭和七年、上海事変のさい召集されたが、補充兵の助教をつづけているうちに除隊となる。昭和九年に召集を受けて、伍長に任官。除隊後、渡支して軍属として働き、昭和十九年二月に臨時召集を受け、独立混成第三旅団第七大隊に入隊。爾後、寧武の作業隊に所属している。いわば、軍事にも、中国事情にも精通した、この上ない苦労人の下士官である。

便衣——とはいっても、日本兵の場合は、防寒帽、防寒短靴、防寒大手套《てとう》の三つは、凍傷予防上、どうしても必要になる。この服装は、近づいてみれば日本兵とわかるが、少し離れてみれば、八路兵と区別はつかない。

「お互いに八路《パーロ》になった気分だなァ」

と、兵隊たちは、苦笑し合った。

弾薬も弾帯に詰めて身体に巻きつけ、銃も、八路兵《パーロピン》なみに、自在にかつぐ。

寺田伍長も、

(銃は、さかさまにかつぐほうが楽だな)

と、妙なことに感心した。

携帯口糧は、雑嚢に入れた乾パン一日分、あとは、敵地区の給養をあてにして、ともかく軽装で出発する。

隊伍は、寧武城の西門を出て、寧武川に沿って上流に向かったが、真夜中である。片割れ月が中天にある。しんしんと寒い。

北沢小隊が尖兵小隊になる。さらに第二分隊が尖兵分隊となって、中隊の先頭を前進する。寧武城から西へ十数キロ、川沿いに上ると、道は幅の狭い山道となり、低い峠は、西の東寨鎮に向けて分水嶺をなしている。

この坂の登り口付近で、尖兵分隊は、早くも軌条（レール）を盗んで運んでゆく敵を発見した。尖兵小隊は、この敵を追ったが、敵の逃げ足は速く、数本の軌条を放り出したまま、逃げてしまっている。八路兵は小数で、住民を使って工作していたのである。

軌条――というのは、太原に山西産業という民間会社があり、山西省開発を行なってい、鉄鉱石を採掘する寧武鉄鉱という営業部門が、山中の採掘所から寧武駅まで鉄鉱石を運搬するために敷いた、十数キロにわたるレールのことである。ここの鉄鉱石は、きわめて良質である。日本は鉄不足に喘《あえ》いでいる。そこへ、十九年春ごろから攻勢に転じた八路軍が、日本軍の警備の手薄を狙っては、軌条を盗んで、運び去って行くのだ。

かれらは軌条を、地雷をつくる材料にする。おかげで、日本軍警備地区内にも地雷は多く、とくに五寨付近は〝地雷原〟といわれたほどで、部隊の行動には細心の注意を要した。

遊撃中隊は、軌条盗みの八路兵を駆逐したあと、分水嶺を左にとって、山道を南へ進む。早朝まで歩きつづけて、かなり大きな村落の手前で、

「ここで払暁攻撃をする」

という命令が出た。

寺田伍長は、

（ここはもう敵地区なのか）

と、思った。隊伍に従って黙々と歩きつづけたので、どこをどう通ったのかわからない。中隊長と幹部だけが、地図を持って指揮している。それに従っての夜行軍である。

ところが、払暁を期して突入してみても、この村落には、八路兵の姿はなかった。住民だけは残っている。八路兵は、日本軍来襲の報告を得て、逃げたのだろう。軌条盗みをしていた八路兵は、当然、日本兵に追われた情報を伝えたはずである。

討伐隊は、この村落で、朝食を撮《と》ることにしている。隊員それぞれが、住民と交渉して、食糧の入手につとめる。小麦粉がほしいのだが、民家にはない。山西省北部の黄土高原は、標高が高いので燕麦《えんばく》、馬鈴薯《ばれいしょ》、亜麻《あま》などしか採れない。住民の主食は、ユウメンと称する燕麦の粉と、馬鈴薯ぐらいしかない。ユウメンは、小麦粉にくらべると、はるかに味が落ちた。

それでも、隊員たちはまめに、手に入るものを最大限に生かして、朝食の準備を整えている。昼間は、休養を撮《と》る。どう駈け廻ってみても、敵は姿をかくしている。行動は、夜間に限られる。中隊長からも、大休止の指示が出ている。

寺田伍長は、部下たちと朝食の座につきながら、

「そういえば、息せき切って夜行軍をして、払暁攻撃をしてみれば、もぬけの殻だった、という目に遭ったのも、これで何度目かな」

と、そのことを話題にした。寺田伍長自身は、この中隊へ来て、まだ一年も経たない。日本側密偵は、情報もよく集めるが、その情報もよく洩れるのだろう。こうした事情については、むろん、寺田伍長も馴らされてはいる。半月ほど前、夜行軍の果てに山上の集落を襲った時は、もぬけの殻になる一歩手前で、八路兵の姿は消えていたが、住民たちが、あわ

てて逃げ出す、うしろ姿はみえた。

「逃げなくてもよい。住民に危害は与えない。安心しなさい」

と、通訳が叫びつづけたが、住民たちは、懸命に逃げつづけている。

寺田伍長は、現地徴集で入隊したので、天津に家族を残している。塘沽《タンクー》新港の港湾局の職員だったのが、臨時召集で動員されたのである。従って、逃げまどう住民をみると、何となしに、残してきた妻子の姿が、眼にうかぶのだ。

この時は、住民不在のおかげで、指揮班が、牛一頭をみつけたので、これを食料として、思わぬ御馳走にありついている。討伐間に、牛肉にありついたことなどは、めったにはなかった、と、古参の兵隊は噂をしていた。

指揮班は、寒暖計を持参していたが、この時の気温は零下四十度に近い。家の中で熱湯を入れた水筒が、戸外へ一歩出たらその瞬間に凍って、まんまるく膨張した。これに驚いて、

（こんな寒い土地に、みんな、へばりついて暮らしているのだなア）

と、寺田伍長は、感慨を覚えている。二、三十戸ほどの民家が、肩を寄せあっている小集落である。

この時は、まわりは雪景色だったが、春先には罌粟《けし》の花が咲き乱れる。八路軍は、こうした村に罌粟を栽培させ、阿片《あへん》をつくってそれを資金源とする。住民には、八路軍と密着しているという意識があり、日本軍を怖れるのだろう。

日本軍が、つとめて敵の虚を衝いて、辺境の村落を急襲するのは、時に、思いがけない収

穫を得ることもあるからである。

寺田伍長の記憶で、もっとも大きな収穫は、兵器類は別として、大量の綿布を鹵獲した時である。二ヵ月近く前だったが、やはり、夜っぴて歩きつめて、払暁に、川沿いの大きな村落を攻めたが、敵は逸早《いちはや》く逃散、しかし、合作社《がっさく》（農協）の倉庫があって、その中に、大量の綿布が埋蔵されていた。むろん、これは、八路軍用の有用の物資である。日本軍は、一コ小隊と保安隊が警備して、駐屯地へ持ち帰っている。

綿布は、岩塩につぐ、重要な物資だった。

八路軍としては、大量の綿布を失ったことは、武器弾薬に匹敵する、大きな痛手を受けたことになるはずだった。

2

部下たちと寛《くつろ》いで朝食を攝りながら、討伐間のことを話し合い、そのあとも談笑していると、中隊長から、小隊長集合の命令が出ている。

出発か——と思うと、そうではなく、指揮班から、

「今夜はここで宿営する。明日、帰隊することになった」

という、示達がきた。

寺田伍長は、自身の判断では、

（なぜ宿営するのか。おかしい）

と思ったが、別に、問い返そうという気もなかった。すると、北沢小隊長から、分隊長集合の連絡がきた。小隊長の宿舎へ集まると、小隊長は、低声《こごえ》で告げる。

「実は、密偵の情報によると、ここから約二里、川向こうの山一つ越えた村に、八路軍六百の駐屯地があるとわかった。かれらはそこで地雷をつくっている」

と、いう内容である。

中隊は明朝帰隊する――という指示が伝えられたのは、住民欺瞞、住民にまじっている敵側密偵への欺瞞工作であることは、寺田伍長には、予感もできていたことだった。企図秘匿のためには、一般隊員にも、事情は伏せる。隊員たちは、ともかくひと晩ゆっくり眠れることを喜んでいる。ただ、宿営すると、しっかりと虱《しらみ》にはとりつかれる。

寺田伍長が分隊長をつとめている作業隊は、いわば、歩兵の中の工兵のような役目をもっている。寺田伍長は、工兵教育を受けている。作業隊は行軍の際、道路修理や橋梁の補修など、工兵なみの仕事をする。一コ分隊約十名、戦闘単位としては、一般歩兵よりは下位になるが、工兵を兼ねている、という、重要な任務への誇りもあり、しっかりと団結していた。

寺田伍長は、行動間、宿営の時は、小隊長と同じ部屋に寝た。これは、小隊長当番の前川上等兵が、小隊長と同時に寺田伍長の面倒もみてくれるからである。老兵だから、いたわってくれる気もある。寺田伍長にも、作間一等兵という当番がついているのだが、病弱なので、寺田伍長は小隊長に話して、作間を残留させることが多かった。

寺田伍長は、その朝、小隊長とともに、前川上等兵に起こされている。

「出発になります」

と、きちんと、起こしてくれた。

夜行軍である。北沢小隊を先発とする隊伍は、川沿いに、上流に向かって進む。川は凍っている。右に折れて、坂をのぼる時、保安隊一コ分隊が、先頭についた。敵の警戒線を考慮した。誰何《すいか》を受けた時、完全な山西語で応答しなければならないからである。

ゆるい坂道をのぼり、前面に集落をみた。

明け方が近づきつつある。

「敵のいる集落は次の集落、地雷に注意せよ」

という、中隊指揮班からの伝達がきた。北沢小隊は、それを保安隊に伝え、先を急ぐ。明け方の極寒は、言語に絶した。

右手の山裾にある小道を進むにつれて、左手は、畑地が開けてくる。同時に、天地の明るみも加わりはじめる。

前方の保安隊が停まって、なにかをやっている。

(敵の集落が近いな)

と、寺田伍長が察した時、保安隊の一人が、

「敵の歩哨を捕まえました」

と、報告してきた。

通訳が駈けてきて、捕まえた歩哨を訊問する。北沢隊は、その訊問の終わるのを待った。そのうちに、夜が明けはじめてきた。

敵の歩哨は複哨だったので、一名が捕まえられた時、残りは逃げている。ということは、逃げた歩哨が、日本軍の来襲を報告したので、駐屯地の八路兵は、応戦準備を整えはじめているはずである。

捕まえた歩哨から、つぎのような情報を得た。

つぎの山鼻を廻った集落には、約百五十名がいて、ここには地雷を製造する工場がある。さらにつぎの山鼻を廻ると、大きな村落がある。ここには約五百名がいて、部隊の本部が置かれている。

道にはすべて地雷が敷設されている。土の凍結を封じるために木炭が使用されている、といったことなどである。

（これは、のちにわかったことだが、敵の歩哨二名は、日本軍を友軍と間違え、誰何《すいか》したあと、何隊か、ときいたり、こちらが適当に答えたりしているうちに、保安隊が上手に近接して捕まえたのである。つまり、便衣の効果だったのだ。誰何された時、歩哨との距離は百メートルほどあった。

誰何された時、保安隊が、

「友軍だ。ご苦労さん」と、声をかけ、そのあと、

「寒いだろう。タバコをやるから下りてこい」

といって、ひとりが駈け下りてきたのを捕まえたのである。

この歩哨は、十六、七歳の少年だった。山西省の出身でなく、他地から八路軍に強制徴用されたのである。この少年兵は、隊伍が駐屯地へ帰った時、説諭して国もとへ送還している)

3

――いよいよ、攻撃である。

中隊長は、攻撃部署をきめる。

第二小隊は第一の集落へ、主力は奥の第二の集落へ、と、攻撃命令が出る。

北沢小隊は、道を避けて、畑の中の道を駈け足前進して集落入り口に達し、敵と交戦を開始した。右より第一、第二、第三分隊の順序で散兵線を敷き攻撃に移ったが、敵は集落後方の畑地に上がって、有利に撃つ。北沢小隊は、遮蔽物のない畑地の中から応戦する。

中隊主力は、北沢小隊の戦っているうしろを駈けぬけて、小さな山の鼻一つ向こうの、敵の主力に迫ってゆく。敵の一部は、山鼻の上にも進出していた。

北沢小隊は、畑の中を、巧みに遊動しながら前進、攻撃をつづける。

「衛生兵を呼べ」

という声がきこえ、つづいて、

「大丈夫です。戦闘はつづけます」

という、しっかりした声が答えている。

寺田伍長は（だれか負傷したな）と思ったが、分隊の指揮に忙しく、ほかを振り向いているゆとりはなかった。

前面の敵は、二手に分かれて、逐次、後方に移動しているが、集落正面でがんばっている敵兵もいる。その敵兵に向けて、小隊長が、剣尖をひらめかして突入し、隊伍も、いっせいに突入する。

これで、前面の集落を占領し、敵は後退して、あとは、山上の敵との交戦になった。

敵は、地雷用黒色火薬の製造工場を守るために、懸命に応戦をつづけたのだが、もともと、討伐隊に虚を衝かれているので、足もとは乱れている。北沢小隊は、地雷製造工場に火をかけ、出来上がった火薬もろとも、建物を炎上させる。

「第一分隊は山へ逃げる敵を追撃せよ。第二、第三分隊は、中隊主力を援護する」

という、小隊長の命令は適切だった。

寺田伍長は、分隊を率いて、小隊長と別れて、東西の集落を結ぶ山道の、西の集落を目指す。

寺田伍長の分隊は、西の集落の上方へ出たが、集落を見下ろすと、ここは東の集落よりはるかに大きい。ただし、敵はみな逃げて、西の台上で応戦している。だが、威力はない。

寺田分隊は、そこからさらに上方へ、岩石の多い道をたどってゆく。この道は、樹木が茂っていて、日本内地の鎮守の森の中をでも歩いているような気分が、ちょっとした。

敵は、逃げながらも、断続して、応戦はつづける。逃げる敵は、すでに戦意は失っているのだが、東側の山上に逃がれた敵は、追撃隊が来ないので、山上の一角から、寺田分隊に向けて、しきりに撃ってくる。

その敵との距離は四百ある。

分隊は、前進して、恰好の陣地に布陣して応戦する。畑地だが、土砂の流れのため、自然の胸墻まで出来ていい、それを楯として応戦する。敵も同じように地形を利用しているので、敵兵の頭の部分しかみえない。

しかし、一人だけ、指揮官らしい乗馬ズボンの将校が、ステッキ用の指揮棒を振り廻して、胸墻の上を動き廻っている。兵隊を督励しているのだ。

「いい度胸だ。相手になってやる」

と、寺田伍長は自身にいいきかせ、

「たれか、正照準の銃を持っていないか」

と、きくと、部下のひとりが、

「自分のは正照準に近い銃であります」

といって、さし出す。

「撃ち方待て。いまから、おれの狙撃をみていろ」

と、寺田伍長はいい、四百の照尺を立て、銃を胸墻に依託して、敵の将校にじっくりと狙いをつけて、引鉄を引いた。

いまのいままで、豪胆にふるまっていた敵の将校は、この一発でもんどりうって倒れ込み、そのまま、姿をみせなかった。

「やったァ、班長万歳」

と、みていた分隊員から、歓声があがる。

指揮官を失ったせいか、分隊の射撃に追われるようにして、東側の敵は、山の上方へ逃げてゆく。

やがて、

「撃ち方やめ」

の号令とともに、集合のラッパが、下の集落からきこえてきた。

この時の、便衣の討伐隊は、一方的な戦果をあげた。各小隊ともに協力しあっての戦果である。敵の逃げ足が早く、鹵獲兵器は少なかったが、なによりも、地雷の製造工場を覆滅し得たことは、この上なく痛快な戦果といえた。

寺田分隊は、敵の退路を断つ命令を受けていたので、迂回して敵を追おうとしたが、敵は後方はるかに、密林地帯に入り込んでしまい、追う方途は尽きていた。

討伐任務を終了すれば、ともかく駐屯地へ帰りたいのは人情である。

午後、討伐隊は、寧武への引き揚げを開始している。

寺田伍長は、戦闘間に耳にした「衛生兵を呼べ」「大丈夫です。戦闘はつづけます」の声のことが記憶にあるので、北沢小隊長にきいてみると、

「あれは高橋上等兵だ。大腿部の貫通銃創を受けながらも、戦闘を継続し、戦友とともに敵三名を倒している。小銃を三梃鹵獲して、山を登る途中、足がしびれ、出血も多く、やむなく衛生兵の手当をうけている。あとはロバに乗せられて、隊伍についている。なかなかの豪傑だな」

と、感心している。

地雷工場のある集落と、八路兵の集結していた集落は、すべて、八路軍が管理していて、一般住民の生活はなかった。八路の重要拠点の一つということになる。

この時の〝戦闘詳報〟には「苛嵐県丈子村の戦闘」として、各小隊の功績が記されている。

荒谷討伐隊《あらたにとうばつたい》の行動《こうどう》

1

昭和二十年二月下旬。

北沢曹長以下四十名の作業隊は、十名を寺講村分遣隊に残し、主力は五寨《ごさい》に向かって出発している。荒谷中尉の指揮する討伐隊に参加するためである。

寺田軍曹は、第二小隊第一分隊長をつとめている。隊伍は五寨に着くと、空家になっている兵室で石炭を焚《た》き暖をとったが、冷えるだけ冷え切っている室は、いくら石炭を焚いても寒い。作業隊は討伐、警戒、作業、連絡等、何にでも使われてしまう便利屋だが、この時は討伐要員である。

中隊から、命令が出ている。

「明早朝、朝食前に條枝村の敵を急襲する」

というものである。條枝村は五寨西方八キロの地点にある村落で、約三百名の八路軍が蟠《ばん》居《きょ》している。朝食前にこの敵を叩いて帰ってくる。全員軽装、弾薬も半量携行でよい、といった簡単な命令である。命令はいつでも、雑作もない行動を示唆しているように思える。

この夜、五寨地区には雪が降っている。もともと寒い割に雪の少ない地区だが、この時は十センチほど積もっている。一望の銀世界に向けて、隊伍は、夜明けにはまだ二時間ほどある刻限に、西門を出る。寒気きまわる。

保安隊が尖兵をつとめ、第三小隊がつづく。

隊伍は、西へ西へと進む。雪は砂のようにサラサラとした肌ざわりだが、砂地を歩くように歩きにくい。

河床道を、しばらく進んで、中隊は停止する。

中隊長は、第一、第二小隊長を集めて、攻撃部署を決めている。寺田分隊長は、ここが目的地なのかと思い、四周を見渡した。

北側は丘陵である。南は畑地で、平坦地の行き詰まりは東西に山地が走る。山脚にひとすじ煙が立ちのぼっている。その煙の奥に、村落があるとみえた。それが條枝村であろう。

小隊長が帰って来て、命令を伝える。

「第二小隊は左第一線、煙より左の集落を攻撃する。第一分隊は速《すみ》やかに、背後の一番高い稜線を占領して敵の退路を断て」

命令を受けた地点から目的の集落までは、三百メートルほどの平坦地がつづく。その途中に雪をかぶった土饅頭の墓地と数本の灌木があるが、ほかには遮蔽物は何もない。

(この平坦地を、真正面から攻撃するのは無謀だ。必ず気付かれて撃たれ、しかも敵に逃げられる。それよりも寺田分隊が左から迂回して、背後の稜線を占領するまで時間がほしい)

寺田分隊長は、そう思った。しかし、中隊長に、一分隊長の考えなど通じるはずもない。

正面からの攻撃命令が出た。

寺田分隊長は、山脚の集落にとりつくまでの前進目標を、集落の東に離れて独立している一本の老木として、分隊員に指示した。

いつのまにか、あたりは明るみを増しつつある。寺田分隊は、前進に前進を重ね、右手の第一小隊の行動をみながら、寺田分隊長は散開隊形の先頭を進む。

二百メートルほど進んだ時、ドカーンと一発、八路軍特有の手榴弾による信号があがった。発見されたのである。この信号を合図に、集落を飛び出した敵は、二手にわかれ、その一部は、煙の出ている段々畑からさらに上の稜線へ、懸命に上がりはじめている。

たいへんな数である。蟻の行列のように、青い服の正規兵が、傾斜をのぼりつつ応戦してくる。右の第一小隊も発砲しはじめている。寺田分隊が、駈け足で山脚に達した時には、敵の先頭はすでに稜線の最高部に達していて、猛烈に撃ってくる。敵に先手をとられたのだ。

前面の傾斜地は、斜角七十度もあろうか。とても正面からの登攀《とうはん》はできない。

小隊長は？　とみると、小隊長は二コ分隊の先頭を切って、段々畑を上がっていたが、稜線上の二百の敵から集中射撃を受けている。

寺田分隊としては、一刻も早く、小隊に復帰して、小隊長の掌握下に入りたい。しかし、どうすればそれが可能か。一つはいったん退って集落へ廻り小隊の進路を辿るか、または現在地から強行登攀するかである。

　寺田分隊長は、正面への進出を選んだ。どっちみち猛射を受けるのなら、前面の垂直二メートルの崖をのぼれば、その上は畑地である。畑地へ出なければ、こちらからの有効な応射はできない。

　寺田分隊長は、隊員に、腰を押させて、二メートルの垂直断崖をのぼった。つぎに、分隊長は、部下の銃を握って引き上げた。こうして分隊員を崖の上に引き上げ、畑地へ散開して応戦する。畑地で応戦しているのは、寺田分隊だけである。

稜線の敵は、ワイワイガヤガヤと騒ぎながら撃ってくる。八路はなぜかよくしゃべるのだ。寺田分隊長は、敵はチェッコ機銃三梃で射撃してくる、とみた。こちらは十一年式軽機一梃とあとは小銃である。二百の敵の弾雨を、一コ分隊で受けて戦うのである。

　交戦中に、夜が明けきり、太陽が昇りはじめると、まわりの雪景を照らすので、まぶしい。敵の機銃弾が、その雪をしきりにはじき、寺田分隊長もその雪しぶきを浴びる。

　この交戦間に、軽機が故障を起こし、射撃音がピタととまった。

「軽機故障、直ちに修理中」

と、射手の渡辺上等兵から報告が来る。

「渡辺、キンタマがちぢみ上がっているかどうか調べろ。うしろへ退がって修理を急げ」

と、寺田分隊長は指示する。

キンタマを調べるといったのは、渡辺射手の気持に、若干のゆとりを持たせたかったからである。頭の血を下げさせたい。

渡辺は、軽機を五メートル退げ、わずかな凹地を利用して修理を急ぎ、じきに、また、前面へ出てきて、撃ちはじめる。交戦はつづけるが、なにしろ弾薬が少ないので、無駄弾丸は撃てない。

その時、稜線の向こうから、

「第一分隊、小隊に合流せよ」

と、呼びかけてくる声がきこえた。

小隊に合流するには、稜線を越えねばならない。

稜線を越えるには、敵の集中射撃を、上手にくぐらねばならない。寺田分隊長は指示する。

「分隊は、各個躍進で、稜線を越え小隊に合流する。軽機は現在地で掩護。八路の弾丸は当たらんと思って、敏捷《びんしょう》に行動せよ」

小銃手から、一名、二名と、稜線に向けて駈け、稜線を越えてゆく。敵の集中射撃は激しさを増してくる。その敵の猛射を、軽機は巧みに制圧している。射手が落ちついているのだ。

分隊員は、つぎつぎに稜線を越えてゆき、分隊長と射手だけが残った。

「班長殿は出てください。渡辺が掩護します」

と、渡辺上等兵が叫ぶ。

「お前が出ろ。命令だ。先へ行け」

と、寺田分隊長は叫び、自分は敵へ向けて撃ちつづける。撃ちながら、渡辺は軽機とともに無事に稜線を越えられるか、と、気にかけた。渡辺は、稜線近くまでは、みるまに進んだが、そこで、動かなくなった。伏せている。

（やられたか）と、分隊長は思う。渡辺は、直観的に、敵弾の集中する〝魔の刻〟をみぬいたのだろう、つぎの刹那、軽機を胸に抱き、二転、三転して（つまり、敵に頭部をさらす、垂直の姿勢をとり）稜線ににじり寄って、稜線を越えた。鉄兜を雪に食い込ませながらの、巧みな身の処し方である。歴戦の経験を生かしている。

「えらいぞ、渡辺」

と、寺田分隊長は、呼びかけ、自分も、もっとも有効な稜線越えの方法をとって、稜線を越える。

分隊長以下十一名は、たしかに、奇蹟的に、敵弾を避けて、一名の損傷もなく稜線を越え、小隊に合流している。

稜線の向こう側は、山崩れのあったあとが、西の谷に向けて、百メートル余りの断崖ができている。その上端に、小隊長以下が、寺田分隊を待っていた。

小隊長は、寺田分隊長に、

「小隊は、擲弾筒による制圧攻撃の直後、突撃を敢行する」

と、いったが、崖の上では、足場が不安定で、擲弾筒は撃てない。それに、突撃もできない。足場のよい地点を選ぶために、小隊は、断崖の上辺を、用心しながら移動してゆく。

第一分隊が先頭に進み、攻撃の所定地に向かい、配備が終わる。

この行動間に、太陽は高くあがっていた。

2

断崖上の、攻撃の所定地へ立つと、第一小隊と指揮班は、すでに密林へ逃げ込んでしまった敵への追撃を断念したらしく、深い谷を隔てて東面する山の斜面に集合し、これからはじまる第二小隊の攻撃を、その地点から観戦する様子にみえた。

敵からの射撃は、相変わらずつづいていたが、距離があるので、心配はなかった。

第一、第二分隊は、着剣した銃を握りしめて、擲弾筒射撃とともにはじまる、突撃命令を待って、緊張していた。

前面への傾斜は四十度ある。敵陣まで八十メートルある。八路兵は約二百。こちらは北沢小隊長以下三十名である。白昼堂々の突撃である。白兵戦になる。

ただ、擲弾筒の威力は、敵兵を動揺させるのに、よほどの効果はある。

「突撃準備完了」

報告を受けた北沢小隊長は、第三分隊長に対して、擲弾筒の射撃を命じた。

寺田分隊長はじめ、突入小隊は、擲弾筒の攻撃を、息をつめて待った。

しかし、なぜか、発射されない。

ところが、期待の擲弾筒は、発射不能であることがわかった。

第一発目で、撃茎尖頭の折損、予備品は携行していない、ということである。

敵は八十メートル先に布陣している。擲弾筒が使用不能とは、地団駄を踏みたい気分である。

平素、部下を叱ることのなかった小隊長も、さすがにこの時ばかりは残念らしく、

「予備品を持たぬ馬鹿がどこにいるか」

と、第三分隊長を叱りつけている。

中隊は、朝食前に敵を叩いてくる、という意図の下に、弾薬も半量持参である。油断した、という悔いは、だれの胸にもある。

谷を隔てて、嚠喨《りゅうりょう》と、突撃ラッパが鳴りひびいた。

中隊長の突撃命令である。

擲弾筒は不発でも、突撃に猶予はない。

小隊長は、軍刀を引き抜いて、突撃の命令を下そうとしたが、寺田分隊長は、その一刹那、

（突撃の距離が長過ぎる）

と、判断した。

四十度の急斜面を、八十メートル駈け上がる間に、敵に思うさま撃たれる。しかも、三梃のチェッコに薙《な》ぎ払われるのだ。

「小隊長殿、突撃距離が長過ぎる。匍匐《ほふく》各個躍進で縮めるべきです」

と、意見具申をした。

小隊長も、さすがに同意する。

「三十メートルを匍匐前進、そこから突撃を発起する」

という、命令が出た。

寺田分隊長は、分隊の中央から、崖の先端を這いのぼり、匍匐のままに進出する。

分隊員は、みな、あとにつづく。

敵前五十メートルに達すると、敵の手榴弾が空を切って飛んでくる。手榴弾の飛び方で、敵が、交戦意欲よりも、動揺しているのがわかる。

「今だ」

と、寺田分隊長が思った時、小隊長も、

「突撃に進め」

と号令して、軍刀を振りかざして、崖をのぼる。寺田分隊長も、小隊長に呼応して、

「行くぞうっ」

と叫んで、先頭を切って、突っ込む。

寺田分隊長は、この部隊に来てからの日は浅いが、兵員の質はよく、それぞれが戦闘上手だと感心している。それに、東北出身者が中心だから、寒さにも強く、我慢もある。対八路戦を重ねてきた経験をよく生かしている。八路兵は数が多いだけに数を頼みにしている。従

って、日本兵のように、白兵戦で戦う、といった気力は乏しい。手榴弾戦を好む。ただ、八路兵の手榴弾は、日本兵のものより、はるかに性能は悪い。炸裂の角度は悪く、不発弾が実に多い。石を投げつけられている気がする。要するに、数に呑み込まれなければよいのだ、と、だれもが承知しているのだ。

八路兵は、日本兵の突撃開始とともに、携行している手榴弾を、盲滅法に投げつけると、日本兵との白兵戦に移る直前には、雪崩《なだれ》を打つように背をみせて逃げて行く。退却の仕方も早い。

手榴弾の炸裂音と爆煙を衝いて、突進してきた北沢隊は、追撃の態勢に移る。

寺田分隊長は、

「第一分隊、軽機はこの位置で射撃、小銃はおれにつづけ」

といって、敵のいた陣地を踏み越えて、飛び出してゆく。

しかし、これは、勢いに任せて進み過ぎる、寺田分隊長の誤算だった。なぜなら、前面の東の瘤《こぶ》を占領するつもりだったのだが、駱駝《らくだ》の背のようになったこの山の東の瘤には、頑強に残っている一団の八路兵がいて、チェッコ機銃とともに、さかんに撃ってくる。その目標が、単身飛び出した寺田分隊長に集中してきたからである。つまり、寺田分隊長は、味方からは三十メートル先に飛び出して、彼我の交錯する銃弾の中央にいて、身動きもならず、地に伏して、敵弾を避けるよりほかはなかった。

「寺田分隊長、後退せよ、後退せよ」

と、小隊長が叫んでいる。傾斜は、敵の方向へ下っている。その位置で射竦《いすく》められる。

（血気にはやりすぎたか）

と、後悔しながらも、耐えるよりほかはない。

しかし、それも束の間のことで、敵は退却しはじめ、寺田分隊長は、味方の軽機にも助けられて、危うく弾雨の中から解放されている。

敵の退却がはじまるや否や、小隊長の追撃の命令とともに、隊伍は、敵を追ってゆく。寺田分隊長も、遅れじと、

「第一分隊は、あの瘤の敵を追うぞ」

と、叫んで、先に立つ。東の瘤の一団の敵は、逃げる方向に迷っている、と、寺田分隊長は、とっさにみぬいている。

山の南側は、まばらに落葉樹のある急峻で、雪もかなり積もっている。白一色の急斜面を、八路兵の青服が、蜘蛛《くも》の子を散らしたように逃げてゆく。

寺田分隊長は、瘤の敵を南の谷間へ逃がすまいとして、右からの攻撃を決意して振り返ると、分隊長につづく分隊員は、わずか三名しかいない。残る七名は、小隊長とともに、先に駈け下りてしまっている。分隊長の指示が的確に行なわれなかったために、分隊が分散してしまった。白昼の追撃戦だから、夜戦と違って、部下の掌握も容易なはずだが、思いのほかに混戦であったためであろう。

しかし、逡巡《しゅんじゅん》しているいとまはなかった。

部下三名とともに、寺田分隊長は、右から瘤に迫ってゆく。だが、崖と雪に阻まれて、行動は思うに任せない。そのうち二十名ほどは南の谷間へ逃げ、七名は、北側へ追いつめることに成功した。その北側――こそは、早朝、寺田分隊長が登れなかった急傾斜である。敵の七名の中には、寺田分隊を苦しめた、チェッコ機銃を担いだ兵隊がいる。かれらは、転げ落ちるようにして崖を下り、さきに寺田分隊が前進してきた平坦地を、逃げつづける。

逃げる敵を追いながら、寺田分隊長は、隊員たちに射撃を命じる。しかし、なかなか当たらない。弾丸も尽きてくる。分隊長自身も五発しかない。三名に一発ずつ渡した。そのうちに敵との距離は三百メートルになっている。

「あの、チェッコを担いだ奴を、なんとかつかまえよう」

と、寺田分隊長は、部下を励まして、逃げる敵を追いつづけ、土饅頭のあるところで、一人が狙い撃った弾丸が、チェッコを担いでいる敵兵に命中した。ガクリと膝を突いて、のめり込んでいる。

「しめた。追うぞ」

と、分隊長はじめ力んだが、チェッコ兵は仲間に助け起こされ、チェッコはほかの仲間が持ち、支え合いながら逃げてゆく。チェッコの兵は軽傷だったのだ。

寺田分隊も、戦闘で疲れ果て、それに弾丸がない。もはや、どうしようもない状態で、山脚へみえがくれに逃げてゆく敵を、見送るよりほかはなかった。

中隊長の、集合ラッパがきこえた。

山脚の集合地点へ集まると、北沢小隊ももどってきた。

ただ、第二分隊長の皆川伍長がもどって来なかった。生死もわからない。

中隊は、休憩して待つ。

陽は、すっかり高く昇っている。

だれもが、汚れ切った顔のまま、土の上で身を休めたが、指揮班と第一小隊は、直接戦闘に参加せず、北沢小隊の戦いぶりを観戦していたので、顔にも服にも汚れがない。

「観戦が、こんなに勉強になるとは思いませんでした。手榴弾の爆音と爆煙の中を、突き進んでゆく北沢小隊は勇壮でした。みていて、身のふるえる昂奮をおぼえました」

と、指揮班の下士官は寺田分隊長にそういっている。寺田分隊長自身にしても、白昼堂々と、正面から突撃を敢行したのは、はじめてだった。

二十分ほど待って、皆川伍長がもどってきた。

健脚で知られる皆川伍長は、単身、敵の将校を追い、洞窟にまで追いつめたが、敵の将校は手榴弾で自爆を遂げた、という。

皆川伍長は、その将校の所持していたモーゼル拳銃を、小隊長に渡している。

「自爆したとは、敵ながら天晴れだな」

と、小隊長は、手にした拳銃に見入りながら、感慨深げにいう。

「生きて虜囚の辱《はずか》しめを受けず、というのは、八路にもあるのですね。感心しました」

と、皆川伍長もいう。

皆川伍長が鹵獲した拳銃のほかには、何ら戦果の上がらない、このたびの討伐戦であった。敵を甘くみて、弾薬さえ半量しか持たなかったのは、不覚だった。擲弾筒まで故障した。しかし、死傷者の出なかったのは幸運であった。

いよいよ引き揚げとなったが、その時には、だれもが疲労と空腹をきわめていた。しかし、朝食を食べられるのは、雪みちを八キロ、五寨に帰りついてからである。

帰途、寺田分隊長は、頭を掠《かす》める思いに囚《とら》われた。この日は幸い、一名の死傷も出なかった。敵は、突撃すれば避け、追えば逃げ、そのくせ離れた地点で日本兵をみまもる。かりに、死傷者が出れば、日本兵のほうがはるかに痛手が大きい。なぜなら、八路兵は無尽蔵、こちらは限られた人数しかいない。しかも、いたるところに八路兵は満ちあふれている——。

3

條枝村の討伐戦を終えて、五寨《ごさい》に帰還した荒谷討伐隊は、疲労を回復させるいとまもなく、翌日には、再び、討伐行に出ている。

條枝村の戦闘では、約三百の八路軍を相手に、雪原での苦闘を展開した。その時は、五寨県城の西門を出て西方の條枝村へ向かったが、この日は、北西への進路をとっている。

この日の討伐隊は、二コ小隊と指揮班、重機が一コ分隊、その他に保安隊が一コ小隊ついた。

　このあたりは、地隙が多い。台地と台地を隔てる、狭く深い谷間である。黄土地層の裂《さ》け目、地隙に降りると、上がるのに容易でない。この日の討伐には、甲乙合わせて各一回分（計二日分）の口糧を携行した。これ以上行動期間が長引けば、民家で食糧を調達する。といっても住民の食べるユーミン（燕麦の粉）か馬鈴薯である。

　当初の情報では、目的の集落に到着しても敵影を見ず、五寨を出て、実は五日目に、稜線を越えた地隙の向こう側の集落に、約三百の八路兵がいる、という情報を得た。

　この情報を頼りに、山を登り、深い地隙を越えた向こう側に、二十戸ほどの民家群をみた。東側は畑地、敵は北方集落の後方の稜線上に、東西に長く配備についていた。敵は、逸早く情報を入手していて、迎え撃つ態勢を整えていたのである。

　五日間、敵を求め、集落を襲えば逃げられ、さらに追い、また逃げられのくり返しのあとに、やっと遭遇した敵は、

「さあ来い、来たれ」

と、布陣している。その布陣に向けて飛び込むことになる。しかも、夜は明けている。

　中隊長は、前面の敵陣に対し、右より第一、第二小隊の順序で、攻撃部署をきめている。

　寺田軍曹は、第二小隊の第一分隊長で、小隊は集落の左の稜線に布陣している敵を攻撃、稜線を占領することになった。第二小隊は北沢曹長を長とする作業隊である。

　攻撃は、軽装で行なうため、不用な装具は一切畑の中に残し、銃剣と弾薬だけを携行して

出発する。対面する敵の位置までは五百メートルはあろう。しかし、敵からの銃弾はしきりなく撃ち込まれてくる。

攻撃するには、深い地隙を通過しなければならない。地隙の底には、住民が通る、曲がりくねった細い道がつけられている。

寺田分隊長は、小隊の先頭を切って、細道を駈け下りた。地隙の底は、さすがに気味が悪い。畑地には、重機と指揮班は残っているので、一応、心配なく地隙へは下りられる。

地隙は、下りたら、昇らねばならない。

傾斜は四十度近くある。小道をたどって昇りきると、稜線に布陣している敵とは別に、五十名ほどがかたまっていて、撃ってくる。

寺田分隊長は、敵陣をどう攻《せ》めるかをとっさに思案し、地形をさぐっているうち、畑地の間に交通壕をみつけた。それが敵の方向へつづいている。壕をたどって行けば、敵陣の右翼に近接する、と、みた。

「第一分隊は、壕を前進。軽機先頭、分隊長につづけ」

と、命令して、寺田分隊長は壕に飛び込む。幅一メートル、深さ一・五メートル。この壕は八路兵が掘ったものである。

友軍と敵との、交戦のはじまっているのは、壕を通過中にわかった。先を急ぎたい。

第一分隊は、壕を尽きて、前面の稜線には達したが、その時、前方をみて驚いた。稜線は重なり合うようにつづいていて、一番手前の稜線には、おそらく千名には達するかと思える大部隊が群れている。

いくら何でも、一コ小隊ほどの兵力では、攻めるには、さすがに躊躇《ちゅうちょ》はある。しかも、地形は不利である。

北沢小隊長は、寺田分隊長と、第二分隊長の皆川伍長を呼び、

「重機の参加を要請し、到着を待って、行動しよう」

と、申し合わせた。

この相談をまとめた時、地隙の後方、出発点の畑地で、集合ラッパが鳴った。まだ、交戦はこれからという時である。集合ラッパは鳴りつづけている。

「なにか。緊急事態でも生じたのではないか」

と、寺田分隊長も、北沢小隊長と顔を見合わせ、ともかく引き揚げることにした。

駈け足集合ラッパにせかれて、寺田分隊も小隊とともに、畑地の中隊の位置へ駈けつける。集合ラッパは、予感通り、不吉なできごとを教えてくれた。

指揮班の通信が受けた無線で、

「八角堡《はっかくほ》分遣隊が大敵の包囲を受け苦戦中、荒谷隊は直ちに救援のため八角堡に急進せよ」

とのことであった。

寺田分隊長は、その日が、昭和二十年二月十八日十時であることを確認した。

指揮班では、地図をひらき、保安隊の将校も呼んで、八角堡までの最短コースを検討した

が、その時、指揮班の下士官が、

「もう二つ山を越えると黄河に出る」

と、いった。

黄河は、このあたりの西辺を南流している。

しかし、それほど五寨から奥地へ歩いて来たのだろうか。と、寺田分隊長はあやしむ。地図を持っていないので、いまのいま戦っていた集落の名さえわからない。

八角堡は、義井鎮の北、三岔堡の東に当たり、第一中隊の分遣隊が守備している。

思うに、八路軍は、五寨を発した討伐隊を、北西へ誘い込むように行動しつづけ、討伐隊が黄河の線に近づくくらいまで来た時に、八角堡を包囲したのであろう——と、寺田分隊長は察した。とすれば、八路の術策に陥ちたことになる。ともかく荒谷討伐隊は、反転して、八角堡へと、懸命に急ぐ。携帯口糧を摂《と》るひまも惜しんで、出発し、山間を猛進する。

今朝方、戦った稜線上の敵は、荒谷討伐隊を見送っている。

討伐隊は、八角堡に到着するまでに、分遣隊が支え切れるかどうかを案じた。案じつつ、半日と一夜を、不眠不休で行軍しつづけた。この間、山を越え、地隙を渡り、台上を過ぎるの連続、夜になれば、漆黒の闇の中をも歩みつづける。犬の遠吠えしかきこえない、深閑とした山中の静かさ。寂寞《じゃくまく》そのものの夜の世界を、ほとんど走るごとき速度で、隊伍は急いだ。

非常な強行軍である。討伐隊は、夜間行動に馴れているとはいえ、まるで無謀といえる強行軍だった。乾パンを行軍中にかじり、小休止の時、谷川の水を飲む。保安隊が住民を呼び出して、八角堡への道案内をさせる、そのあとにつづくのである。

強行軍だったが、一名の落伍者も出なかった。もともと健兵揃いの隊伍であったが、八角堡の危急を救わねば、という一念が、隊伍の意志を貫いていたからであろう。それが戦友愛というものである。

つねに分隊の先頭に立っている寺田分隊長は、三十九歳の老兵だが、だれよりも健脚で部下を督励している。

八角堡は、山間に、みごとな城壁をもっている。めったに陥ちないと思うが、八路軍の人海戦術を思えば、不安になる。

明け方に、三岔堡の、小さな城壁を左に見ながら東へ向けて急ぎ、歩度をいちだんと速めながら、

（もう、銃声がきこえてよいのではないか）

と、隊伍の者は、だれもが思った。

しかし、どこまで進んでも、一発の銃声もきこえない。銃声がしないということは、敵が包囲を解いて去ったのか、それとも攻略されたのか、そのいずれかであるが、大兵力で包囲攻略を企図する八路軍が、簡単に諦めて退がるはずはない。とすると、守備隊が全滅して、八角堡は攻略されたもの、と判断するよりほかはなかった。

討伐隊が、八角堡の城壁のみえる台上に出たのは、二月十九日の早朝である。

夜はまだ、明け切ってはいない。

八角堡の城壁は、東西に長く伸びて、なかなか立派である。城壁を取り巻いて、周辺は、広大な台地が波状型につづいている。平地というものはない。

山間の、辺境のような場所に、なぜこんな築城が為されたのだろうか、ふしぎである。いずれは、軍がここに駐屯し、農民の監視と搾取に当たる根拠地であったろう、と思われる。八角堡に向けて隊伍は近づいて行ったが、やはり、物音ひとつしない。どこもかも気味悪く静まりかえっている。

ただ、東の城門のあたりと、城門東北の角で、焼跡から発する煙が立ちのぼっている。敵を撃退したのだろうか。それとも全滅してしまっているのだろうか。離れて望見したのでは、なにもわからない。

中隊は、東門の手前一キロの台上に停止して、第一小隊より、偵察のための一コ分隊を発進させた。

明けるにつれて、西の台上をみると、約一キロはあろう、台上に、三百以上とみられる八路軍が、集結しているのがみえた。

偵察に出た分隊が、東門にかかった時、西の台上で、ドーンと一発、砲の発射音がし、つづいて偵察分隊の通過した地隙付近に、砲弾が炸裂した。

偵察分隊の、通過したあとの着弾だったが、討伐隊の者は、みなびっくりした。

「あれは迫撃砲ではないぞ」

「日本軍の大隊砲ではないか」

などと、口々にいって、緊張がみなぎった。八路は迫撃砲は持っている。いまの砲弾が迫撃砲でないとすると、日本軍の砲を鹵獲しているのだろうか。

やがて、偵察分隊からの伝令は、分遣隊の全滅を伝え、すでに、第一中隊長が、兵一コ小隊を率いて先着し、戦死体の収容に当たっていることもわかった。

むろん、荒谷隊も、急遽、城内に向かった。

東の城門に着いてみると、厚い角材を合わせて造られた頑丈な扉は、半開きになっていて、無数の弾痕も生々しく、激戦を物語っている。厚い扉の下部は、人の通れるほどに焼け焦げて、まだ中ほどは燃えている。

城内の東北角に構築されている、分遣隊の陣地は、見るも無残に破壊され、弾薬、食糧等は、一物も残さず持ち去られ、その上、放火されたので、焼けただれた余燼がいぶりつづけている。

造《つく》兵団の兵員は、ほとんど福島、新潟、宮城の出身者である。従って、郷土兵団仲間として、荒谷討伐隊の隊員にしても、第一中隊に同県同郷人もいるはずである。それで、第一中隊の者たちに、自分の知己の名を告げて、安否をたしかめたりしている。当然、生き残っているはずもないのだが。

（今日は他人の身、明日は我が身かもしれぬ）

と、寺田分隊長も、惨状を眼にしながら、感慨を深めた。

八角堡は、第一中隊の管轄で、分遣隊長の荒井曹長が、新野伍長以下十七名を率いて守備していたものであった。

隊長の荒井曹長は、前年五月の黄河渡河戦（河南作戦）において、第一中隊今田小隊の舟艇転覆時、小隊中、生存者わずか四名の中の一名で、激流の黄河を泳ぎ切った勇敢で幸運な男だったのに、遂に八角堡では、全滅の悲運に見舞われたのであった。

なぜ八角堡が全滅してしまったのか——についての詳細はわからない。全員戦死しているからである。しかし、戦死者の位置や、城内住民の話などを総合して判断してゆくと、およその経過は、推察できる。

寺田分隊長も、自身で、城内住民に様子を聞き歩いている。寺田分隊長は、八角堡全滅の痛ましい模様を、つぎのように描いている。

4

昭和二十年二月十八日。

この日は、荒谷討伐隊が、五寨西方黄河の近くまで進出して、大敵と遭遇して、戦闘に入った日である。

この日、八角堡では荒井曹長が、大山兵長以下六名を残し、自ら新野伍長以下十一名を率いて、中隊との連絡のため義井鎮分遣隊に至り、連絡を終えての帰途、敵の待ち伏せ攻撃を受けたものである。

その地点は、義井鎮と八角堡の中間、郭家付近の地隙で、義井鎮からは八キロくらい、あと四キロで八角堡に帰り着く地点である。

待ち伏せの大敵のために、玉砕した荒井曹長以下は、銃創と死後の刺傷のため、眼を覆う形のまま野にさらされ、しかも、全裸にされている。きびしい寒気のため、遺体は凍って、出血のまま蠟人形のようになっている。凄惨悲愴の限りの状態であった。力の限り応戦しての玉砕である。

この、主力の玉砕地点より、やや義井鎮に近い地点で、二名が戦死している。この二名は八角堡が包囲されている危急を義井鎮に報告するため、伝令に出た二名である。敵が密集している地域を、抜け出られるはずもなかったのだ。

むろん、城内も、玉砕している。

無電係の東山一等兵は、本部宛に、

――もう最後です。無電機と暗号書を焼きます。

と、打電し、その場所で遺体となっている。

城内の戦闘事情については、六十歳くらいの住民の目撃談が、もっとも現実味を帯びていた。寺田分隊長は、通訳を通じて、つぎのような玉砕の模様を聞きだしている。

十一時ごろ、南方で激しい銃声がきこえ（これは、本隊が待ち伏せに遭った地点での銃声であろう）、この時の銃声は、しばらくしてやんだ。そのあと、東門のあたりで、炸裂音（手榴弾である）が聞こえ、それを合図のように西、南、東の三方から、城壁めがけて、八路軍が攻撃をしかけてきた。

守備隊も、保安隊も、城壁上で応戦している。八路軍は、梯子をかけて攻めて来、西の城壁を占領した。この時、保安隊は、城門を開いて八路兵を迎え入れ、城壁上で応戦している日本兵を、背後から、八路兵と一緒になって攻撃している。保安隊の、とっさの変身背反である。

城壁上の日本兵といっても、無線手と暗号係は兵舎内に残っているのだから、城壁上で応戦しているのは、わずか四名である。腹背から敵弾を受けてはひとたまりもない。銃弾を全身に浴びて玉砕している。


荒谷中尉と、第一中隊長の東少尉とは相談して、十八名の遺体は、義井鎮まで移送して、そこで荼毘《だび》に付すことになった。

移送に当たっては、北沢小隊が尖兵となり、寺田分隊は路上斥候の役を分担した。敵は、八角堡攻略の余勢を駆って、途中の攻撃を考え、地雷を敷設することが考えられたからである。

遺体は、牛車を仕立てて、乗せて行く。

その牛車の支度の整えられる間に、寺田分隊長は、住民から、なにかと玉砕の事情を聞き歩いたのである。十八名もの分遣隊が、なぜ、これほども脆《もろ》く全滅したのか、ということが、なかなか解けなかったからである。

要するに、敵を甘くみた油断から、自ら死地を求めてしまったのだ、というのが、寺田分隊長の得た結論だった。

このあたりは、八路軍が蠢動《しゅんどう》しつづけている戦場である。連絡のため行動する時は、とくに地隙の通過には、用心しなければならない。寺田分隊長は、自分は下級下士官だが、つねに、部下の生命の安全を考えて行動してきた。戦闘に勇気は必要だ、しかし、指揮官としての責任は、より重大である。ともかく、今日までは、大過なく過ごしてきた、いま、八角堡全滅の実状を眼前にみて、教えられ、反省させられることも多かった、と、自らを改めて戒めている。

牛車の準備が整い、出発命令が出た。

尖兵小隊は、本隊の三百メートル先を進む。寺田分隊は、さらにその三百メートル先を進む。

八角堡を十キロほど過ぎた地点で、左方向からチェッコによる攻撃を受けた。五百メートルほど離れた堆土の蔭から撃ってくる。応戦したいが、路上斥候の任務は守らなければならない。

後続してくる小隊が、北沢小隊長自ら二、三分隊を率いて、堆土の敵へ向かっている。

堆土の敵は、八角堡攻略の大目的を達したので満足している。あえて、一戦を交える気はなく、移送の邪魔をした程度で引き揚げるのである。

寺田分隊は、義井鎮に近い台上に出て、眼下に義井鎮を望見した。あと二キロ足らずである。視野のすべては禿山ばかり、浅い谷が起伏している。

その時、

「民兵だ」

という声があがった。浅い谷の灌木の中から、民兵（農民兵）が二名走り出ていた。

「民兵を捕まえろ。ここからは前進するな」

と、寺田分隊長は叫び、民兵を三名の部下が追う。そのあとにつづいて駈け、

「軽機射撃、民兵の足もとを狙え」

と、分隊長は叫ぶ。

軽機が走り出て、構えて撃つ。五発撃っただけで、一名は足を撃たれ、他の一名は、地上にくぐまり込む。

二名の民兵は、部下たちが捕まえて連行した。

寺田分隊長は、地雷を求めて前進し、百メートルほど歩いて、地雷をみつけた。作業隊だから、地雷の処理には馴れている。地雷は標示をして近づかぬようにさせるか、爆発させてしまうか、または掘り取る。この三つの方法しかない。寺田分隊長は、本隊が、後方はるかを進んでくるのをみて、地雷を掘り取ることにした。

地雷は、掘り取る時、親子地雷とわかった。親子地雷というのは、地雷が二段になっていて、掘りとって持ち上げた場合、二段目の信管が引かれ、爆発する装置になっている。

寺田分隊長は、自身で、親子地雷を掘り取ったが、民兵が二名いたというのは、もう一ヵ

所地雷を仕掛けている、とみた。経験から来る直感である。それで、さらに五十メートル進んで、引き地雷一個を発見した。細引が灌木の中にまで延びてい、部隊が通りがかると、身を潜めていた敵が、紐を引いて、爆発させるものである。

民兵は、正規兵ではない。

寺田分隊長は、足を狙えといって捕まえさせたが、これは、地雷の位置や敵状をさぐるため、捕虜にしなければ、と思ったからである。

しかし、射殺したほうがよかったのかもしれないと思った。

二名の民兵は、第一中隊で、調べられ、たぶん、報復的な殺され方をするだろう。八路兵は、日本兵十八名を、裸に剝き、遺体を銃剣で刺殺しつくした。顔の区別もつかなかった。一般に、八路兵は、死者は埋め、その上に墓標代わりの木の枝を挿したり石を置いたりした――ということを寺田分隊長は知っていた。もはや、そのような道義など棄て去られたのだろう。

(これから先、凶暴なだけの戦いになってゆくのではないか)

と、案じる。

重くなってゆく気分を支えながら、寺田分隊長は、義井鎮への路上斥候の先頭に立って歩みつづける――。

あとがき

この戦話集は、戦場生活におけるさまざまな部分を、つとめて具体的に詳述してゆくということを、本旨としている。

読者に追体験をしていただきたいという願いがあるのだが、むろんこれは、次の世代の人々によって、という意味もある。

収録した作品の取材事情及び、作品の解説を記しておきたい。

「大浜軍曹の体験」

右は、五話が連作の形になっているが、大浜勇氏の手記を資料としている。このシリーズの登場人物はすべて実名で出てくるが、あとがきでは、フルネームで紹介をしている。大浜氏の場合は、文中でかなりこまかく略歴に触れているので、ここでは大浜氏が、現在もご健康で、「槍友会」（第七十師団槍部隊戦友会）にも、毎回出席されていることを記しておく。私も槍友会の集いで、大浜氏から直接手記を預かったのである。二等兵から軍曹までの軍隊、戦場体験は、「新・秘めたる戦記（第一巻）」の西島末彦氏の戦記でも触れたが、ともかく長く苦しくしかも変化曲折に富んだ人生を編まれることになる。

「部隊を離脱して」
「中隊本部の風景」
「初年兵の体験」
「楊柳とアカシアの町」

右の四篇は、いずれも独立混成第五旅団（桐兵団）の対八路戦を描いている。栃木県矢板市在住の関谷時男氏から、同兵団の独歩第十六大隊第三中隊将兵の記録「安邱」という部隊史をいただいたが、右のうちの三篇はその資料に拠っている。関谷氏は戦友会の代表である。この部隊は山東省の青島周辺を守備していたが、私は観光旅行で青島へは行ったが、青島市はドイツ人がつくった町で、美しく気分のいい町だった。しかし安邱は作品にもある通り辺境の町である。対八路戦については、私は独混八旅（春兵団）の事象を多く書いたが、桐兵団の戦中事情もずいぶん勉強になった。

「部隊を離脱して」は、場合によっては奔敵とみなされそうなできごとが、重慶軍の温情と、それを素直に好意的に理解した日本軍の態度とで、後味のよい話になっている。木下平氏の実体験で、原題は「天から選ばれた男」となっている。重慶軍の陸部隊長は、人柄が秀れているため、部下が「天から選ばれたような人だ」といって尊敬したわけだが、日本軍には残念ながら、このような部隊長は少なかった。木下平氏は既に故人である。ご冥福を祈りたい。

「中隊本部の風景」は関谷氏の体験だが、兵営の中、大隊の事務はどの部隊も似たようなものである。私は二度目の軍務で聯隊本部の糧秣室に勤務したことがあるが、一般の会社よりも軍隊のほうが、事務処理は整然としているのではないかと思えた。戦場生活は、あけくれ戦っているばかりではなく、駐屯地には駐屯地の日常があった。こうしたことを記しておくのも、このシリーズのだいじな一環と思っている。

「初年兵の体験」のうち「草刈鎌」は青島防備の折の戦話である。小林四郎氏の体験で、対八路戦を戦った方たちには、感慨深いできごとではないだろうか。「襟布と飯盒」は、関谷氏の記述された文章の中から拾わせてもらった。

中隊史「安邸」は、五百五十ページに及ぶ充実した内容で、編集担当の関谷氏の苦労のほども思われる。

「大浜軍曹の体験」の項で書き忘れたが、大冊の「槍部隊史」のお世話になっている。この大冊も、同部隊の秋山博氏の苦労を結集したものである。部隊史編集者の苦労は（気配りの疲れが多い）当事者ではないとわからない。「楊柳とアカシアの町」は、これも関谷時男氏の編集になる。「幾山河」（北支山東省濰《い》県《けん》近藤隊将兵の記録）に拠る。編集委員の一人板室光久氏の「発刊のことば」に、「終戦五十周年を記念して」とあり併せて「この文集を元中隊長故近藤太一氏はじめ戦没者、物故者の霊に捧げる」とある。この記録は近藤隊長を中心に模範的にまとまりがよかったために実にすがすがしい内容をもっている。高橋曹長は高橋秋雄氏で、当時鄗部分遣隊（高橋小隊）には部隊長から賞詞が出ている。近藤隊の一翼を担って、八路軍の包囲を物ともせず、敢闘して敵を敗走させた勲功によるものである。楊柳もアカシアも、中国で暮らした人にとっては懐かしい樹木である。近藤隊は第二中隊で、高橋秋雄氏は現在、岐阜県下でいくつもの要職に就かれ、健在である。

「周家村北方高地の戦い」

右の作品は、独立混成第三旅団（造兵団《つくる》）の第十七大隊第三中隊の戦友会誌「文集・三岔堡・黄塵にまみれた青春群像」を資料としている。なお、第十七大隊戦友会の代表で、福島市に在住の冨田茂男氏にお会いした時、当時の第三中隊の方たち何人かともお会いし、この資料はあとで同会の佐藤泰栄氏から送ってもらったものである。この記録は、この戦友会誌に収録されている満田善闊氏の遺稿で、それには「初年兵初陣の大戦果」と表題がついている。文章も実にしっかりしていて、重機班所属なので、重機分隊の事情もくわしく書かれている。この戦友会誌は「三岔堡十七会」平成四年の刊行だが、同会の小浜常次氏の編集後記に「この文集は子供や家内には、またか？　で食傷させてきた戦争物語の主意は、戦闘、戦地、初年兵生活などを、孫、ひこ孫、そして一緒に戦った友と語り明かすのに、文字にして残そうという遺志（企画者満田氏の志）を引きついだものである」と記されている。これは、平成四年の刊行では、死者、消息不明者の多いのも、巻末の名簿で、はっきりしている。これは、どこの戦友会にも通じる、つらい現象である。

「周家村北方高地の戦い」は、造部隊の対八路戦、未教育初年兵と八路軍との戦いだか、この作品をはじめとして、独混三旅の対八路戦の模様が、さまざまに描かれてくる。文中の常延大尉は常延清九郎氏で福山歩兵第四十一聯隊の出身、昭和四十年に亡くなられたが、その人格は部下の方たちに慕われつづけている。

「便衣の遊撃隊」

「荒谷討伐隊の行動」

右の二作は、冨田茂男氏より拝借中の、寺田重澄氏の「最後の分遣隊」に材を拾っている。寺田氏は文中にもあるが、高知県浦ノ内村に明治四十年に生まれている。この巻には寺田老軍曹の活躍は、この二作しか収録できなかったが、中隊の最高の年齢でありながら、何ともみごとな行動ぶりで、昭和十九年には独歩第七大隊長より賞詞が与えられている。

寺田氏は、ご自宅に電話した時、ご家族から、すでに故人であることを教えられ、落胆した。「最後の分遣隊」という本は、寺田氏の畢生の四百ページに及ぶ好著であり、ご存命ならば直接お会いして、なにかとお聞きしたいことがあったが、まことに残念である。

造兵団の大部の部隊史「遙かなる山西」を、私はこれからの取材のための参考資料として大切にしている。造部隊には、歌人の宮柊二氏が在隊していて、その戦中吟は「山西省」と題されて刊行され、古典的評価の中で定着している。宮氏はすでに故人で、氏の創刊になる歌誌「コスモス」は、夫人の英子さんが主宰して継承され、歌壇随一の結社として刊行がつづいている。私は造部隊とはずっと南の晋南地方で生活していたが、造部隊にかかわる取材のため、冨田茂男氏や、宮英子さんを中心とする「コスモス」の「柊二の旅」と合同して晋北を廻りたく予定を立てていたが、私が体調を崩し、果たせなくなった。また折をみて、とはいっても、昭和十二年徴集の私も老兵で、先のことはあやうい。

終わりに、光人社の出版部長牛嶋義勝氏には、さきの「秘めたる戦記」以来、なにかとご面倒をおかけしている。ご面倒は、まだ当分つづきそうである。こうした戦話集の執筆予定も山積している。目下、体調の回復につとめています。

(伊藤桂一記)

単行本　平成十二年一月　光人社刊

NF文庫

大浜軍曹の体験

二〇一八年二月二十日　第一刷発行

著　者　伊藤桂一

発行者　皆川豪志

発行所　株式会社　潮書房光人新社

〒100-8077　東京都千代田区大手町一-七-二

電話／〇三-六二八一-九八九一(代)

印刷・製本　慶昌堂印刷株式会社

定価はカバーに表示してあります

乱丁・落丁のものはお取りかえ致します。本文は中性紙を使用

ISBN978-4-7698-3053-5　C0195

http://www.kojinsha.co.jp

NF文庫

刊行のことば

第二次世界大戦の戦火が熄《や》んで五〇年——その間、小社は夥しい数の戦争の記録を渉猟し、発掘し、常に公正なる立場を貫いて書誌とし、大方の絶讃を博して今日に及ぶが、その源は、散華された世代への熱き思い入れであり、同時に、その記録を誌して平和の礎とし、後世に伝えんとするにある。

小社の出版物は、戦記、伝記、文学、エッセイ、写真集、その他、すでに一、〇〇〇点を越え、加えて戦後五〇年になんなんとするを契機として、「光人社NF（ノンフィクション）文庫」を創刊して、読者諸賢の熱烈要望におこたえする次第である。人生のバイブルとして、心弱きときの活性の糧《かて》として、散華の世代からの感動の肉声に、あなたもぜひ、耳を傾けて下さい。

＊潮書房光人新社が贈る勇気と感動を伝える人生のバイブル＊

ＮＦ文庫

私だけが知っている昭和秘史
小山健一

マッカーサー極秘調査官の証言――みずからの体験と直話を初めて赤裸々に吐露する異色の戦前・戦後秘録。驚愕、衝撃の一冊。

海は語らない　ビハール号事件と戦犯裁判
青山淳平

国家の犯罪と人間同士の軋轢という視点を通して、英国商船乗員乗客「処分」事件の深い闇を解明する異色のノンフィクション。

五人の海軍大臣　太平洋戦争に至った日本海軍の指導者の蹉跌
吉田俊雄

永野修身、米内光政、吉田善吾、及川古志郎、嶋田繁太郎。昭和の運命を決した時期に要職にあった提督たちの思考と行動とは。

巨大艦船物語　船の大きさで歴史はかわるのか
大内建二

古代の大型船から大和に至る近代戦艦、クルーズ船まで、船の巨大化をめぐる努力と工夫の歴史をたどる。図版・写真多数収載。

われは銃火にまだ死なず　ソ満国境・磨刀石に散った学徒兵たち
南　雅也

満州に侵攻したソ連大機甲軍団にほとんど徒手空拳で立ち向かった、石頭予備士官学校幹部候補生隊九二〇余名の壮絶なる戦い。

現代史の目撃者　動乱を駆ける記者群像
上原光晴

頻発する大事件に果敢に挑んだ名記者たち――その命がけの真実追究の活動の一断面、熱き闘いの軌跡を伝える昭和の記者外伝。

＊潮書房光人新社が贈る勇気と感動を伝える人生のバイブル＊

ＮＦ文庫

生存者の沈黙　悲劇の緑十字船阿波丸の遭難

有馬頼義

昭和二十年四月一日、米潜水艦の魚雷攻撃により撃沈された客船阿波丸。事件の真相解明を軸にくり広げられる人間模様を描く。

海兵四号生徒　江田島に捧げた青春

豊田　穣

海軍兵学校に拠り所をもとめ、時の奔流に身を投じ、思い悩む若者たちを描く。直木賞作家が自らを投影した感動の自伝的小説。

大西郷兄弟物語　西郷隆盛と西郷従道の生涯

豊田　穣

朝敵として斃れた兄隆盛と時代の潮流を見すえて、新生日本の舵取り役となった弟従道。大人物の内面を照射した感動の人物伝。

特攻基地の少年兵　海軍通信兵15歳の戦争

千坂精一

母と弟を守らんと海軍に志願した少年――小さな身体で苛烈な訓練と制裁に耐え、あこがれの航空隊で知った軍隊と戦争の真実。

「敵空母見ユ！」　空母瑞鶴戦史［南方攻略篇］

森　史朗

史上初の日米空母対決！　航空撃滅戦の全容を日米双方の視点から立体的にとらえた迫真のノンフィクション。大海空戦の実相。

不戦海相 米内光政　昭和最高の海軍大将

生出　寿

海軍を運営して国を誤らず、海軍を犠牲にして国家と国民を破滅から救う。抜群の功績を残した不世出の海軍大臣の足跡を辿る。

＊潮書房光人新社が贈る勇気と感動を伝える人生のバイブル＊

ＮＦ文庫

空想軍艦物語　冒険小説に登場した最強を夢見た未来兵器
瀬名堯彦
ジュール・ヴェルヌ、海野十三……少年たちが憧れた未来小説の主役として活躍する、奇想天外な兵器をイラストとともに紹介。

私記「くちなしの花」　ある女性の戦中・戦後史
赤沢八重子
『くちなしの花』姉妹篇――一戦没学生の心のささえとなった最愛の人が、みずからの真情を赤裸々に吐露するノンフィクション。

蒼天の悲曲　学徒出陣
須崎勝彌
日本敗戦の日から七日後、鹿島灘に突入した九七艦攻とその仲間たちの死生を描く人間ドラマ――著者の体験に基づいた感動作。

特攻長官 大西瀧治郎　負けて目ざめる道
生出　寿
統率の外道といわれた特攻を指揮した大西海軍中将。敗戦後、神風特攻の責めを一身に負って自決した猛将の足跡を辿る感動作。

日本陸軍の機関銃砲　戦場を制する発射速度の高さ
高橋　昇
歩兵部隊の虎の子・九二式重機関銃、航空機の守り神・八九式旋回機関銃など、陸軍を支えた各種機関銃砲を写真と図版で紹介。

海軍水上機隊　体験者が記す下駄ばき機の変遷と戦場の実像
高木清次郎ほか
前線の尖兵、そして艦の目となり連合艦隊を支援した縁の下の力持ち――世界に類を見ない日本海軍水上機の発達と奮闘を描く。